解除限速

Resume Speed

Laurence Block

[美] 劳伦斯·布洛克——著

张明——译

四川人民出版社

Lawrence Block credit to Athena Gassoumis

劳伦斯·布洛克（Lawrence Block, 1938 –   ）

生于纽约布法罗，美国当代硬汉派推理小说大师，是一位多产的作家，已撰写了超过五十本小说及众多短篇故事。他的许多作品以苍凉不安、危机四伏的纽约作为背景，因此也被誉为"纽约犯罪风景的行吟诗人"。同时他也是忠实的纽约客和热心的全球旅行者。

布洛克曾多次获得爱伦·坡奖、夏姆斯奖、马耳他之鹰奖，并且得到了爱伦·坡奖当局颁发的终身大师奖、英国犯罪作家协会颁发的钻石匕首奖等推理小说界最重要大奖的肯定。

布洛克主要的作品有马修·斯卡德系列、雅贼系列、伊凡·谭纳系列、奇普·哈里森系列、杀手凯勒系列等。

目　录

解除限速 1

劳伦斯·布洛克创作年表 125

劳伦斯·布洛克已出版中译本作品列表 134

在加尔布雷斯，旅途巴士公司的车站是一间天花板斜搭着的小房间，里面的售票员不仅卖车票，还要发放狩猎与捕鱼许可证，销售烟草制品。那里无处可坐，他只好去外面等车，餐风宿露感依旧。大巴车一停稳，他便走向街边，一手拿着包，一手捏着车票登上了车。车里只坐了三分之一满，他在后方找到并排的两个空座，举起包放进头顶的行李架，一屁股坐在靠窗的座位里，长出了一口不知不觉间一直屏着的气。

接着他又缓了几口气，解除纠结、释放压力。

司机关好了门，驶离街边。出现的一块路标是镇子的界标，另一块路标上面写着"限速解除"。

明妮·珀尔的家乡，他记起来了，多少年他没再回想过那句台词[1]，多少年他连明妮·珀尔都没想起过。

驶过另一座小镇，然后是下一座，就算它们都立着各自的"限速解除"路标，他也没有注意到。终于，车开过了州界线。他深吸一口气，又缓缓吐出，接着低头看向他规整交叉置于膝上的双手。

万千思绪朝他袭来，杂乱的思绪，无解的疑问。他开合双眼，吐息纳气，想平复心中这一切。随着大巴的停下，有人离开，又有人上来，而他身边的

---

[1]. 指美国喜剧演员明妮·珀尔（Minnie Pearl）在其表演中的一段台词"你一眼就能认出它。那里有一块路标，写着'格林德岔口（Grinder's Switch）欢迎您。欢迎您下次再来'。我真希望我们有多余的地盘分开放两块路标"。格林德岔口是明妮·珀尔虚构出的美好家乡形象。——译者注（以下若无特别说明，皆为译者注）

座位依然是空着的。大巴再次启动，不管有没有路标的指示，它都解除了自己的限速。

闭上双眼，他睡着了。

他睁开眼时，已经身处一座城镇里，大巴没动。他们是靠站了吗？不，他们正在红绿灯前怠速，等待变灯。他向窗外望去，沿街过去两栋房屋外有一间小餐馆，霓虹灯描绘出它的名字：卡拉马塔。

在橱窗上还贴着一张手写的告示。他眯起眼瞧了瞧，不敢打包票，但大致清楚上面写着什么。

而这个镇子看起来正合他意，繁荣到会有红绿灯，离他上车的地方也够远。等他们到了站，他就会下车。

当然，如果他们已经在这不知道叫什么的镇里被当作车站的某个地方停靠过了，那他可能睡过了那站，没关系，还会有另一座城镇，另一间小餐馆。他买的票可以通程坐到斯波坎。如果在这里会停，他就下车；如果不停，他就继续坐。无论怎样都无所谓。

大巴很快又刹了车。他听见司机报出"十字溪"[1]，显然是他们所在的地名。他从未听说过十字溪这个名字，但它肯定只能位于蒙大拿州。而且比较之下，它比卡拉马塔更像是这个小镇的名字。

他旁边的座位还是空着的，正好可以让他站起身从头顶上取下行李而不怕麻烦到别人。当他走到司机身旁时，对方告诉他，这次停靠只是为了上下客，他如果想抽根烟，最好是等到了比灵斯以后。

---

1. 美国作家玛乔丽·金南·罗林斯（Marjorie Kinnan Rawlings）于1928年继承母亲遗产后移居佛罗里达州十字溪的一处果园，其后的作品深受该地风土人情的启迪。她在1942年写出回忆录《十字溪》（Cross Creek）。据这段经历以及她多部作品改编的同名电影《十字小溪》（Cross Creek）于1983年上映。片中，女主角的最后一本书稿被出版商拒绝，于是告知丈夫她将独自去佛罗里达州一处果园隐居。到达之后，她融入当地居民，开启了新的写作和生活。

"我们将就此别过。"他对司机说。

"我还以为你的票能坐到斯波坎的。"

"这里有个我一直打算来探望的人,"他说,"斯波坎可以放一放。"

"斯波坎倒是不会跑掉,"司机赞同道,"你是就带了这么多,还是我得去打开行李舱?"

他摇了摇头。"就这些。"

"就像那首歌说的。"——他想必是露出了困惑的神色——"就是那首,《轻装旅行》。"

"一向如此。"他说。

他之前没有数街区,但估计现在离小餐馆不会超过半英里路。只需沿着来时的路直走回去。大巴没有拐出主路,仅仅是停在了车站前——那里正好设有便餐台。他在考虑要不要吃点什么,比如烤奶酪三明治,或者搭配点薯条,但是有哪个傻子会在去餐馆的途中用餐呢?

卡拉马塔。也许是个日本游客想说灾祸[1]这个词。他想起了灾星简[2]。她曾经长期居住在离这儿老远的东边,在戴德伍德,如果他没记错的话,肯定是戴德伍德。不过她也可能四处游历过,你要知道,她毕竟是被冠以"灾星"之称的女性。

他的表显示着三点十八分,但也许快了一个小时,也许他们早就跨入了另一个时区。因此现在不是三点过就是两点过,对于餐馆来说总归是没什么区别的时间:午餐已过,离晚餐还要好久,因而是餐馆的歇息时间,也是正合他意的时间。

---

1. 英语中灾祸(calamity)一词与日语罗马音"Karamata"(卡拉马塔)发音相似。

2. 美国女侦察兵与开荒者马莎·简·加那利(Martha Jane Canary, 1852–1903),在与美洲原住民的交战中闻名,生平事迹多有传奇色彩。

一步接一步,也许已经走了不止半英里了,但它肯定会在前面,而它就出现在了前面。卡拉马塔,霓虹闪耀。下方是那张手写的告示,从活页本撕下的一张横格纸上用黑色粗体大写字母写着:**招聘/有经验的/煎炸厨师**。

他推开门,走了进去。有卡座,有餐桌,右手边靠墙有个吧台。地板铺着棋盘式样的地砖。吧台和餐桌用的是富美家塑料贴面。墙上挂着两面锦旗——来自十字溪高中和蒙大拿州立大学。餐馆深处的一张卡座里,两个女人正沉湎于咖啡之中,烟雾自她们手中的香烟飘向天花板。他已然闻出了空气中的烟味,它并未被烹饪的气味盖过。

相当典型的餐馆,真的很典型。

招聘煎炸厨师的告示是用透明胶带紧贴在门的里侧的。他把告示连胶带一起扯下,拿着去找伫立在吧台后的人——矮胖、双下巴、黑发、浓密的小胡须，漆黑的双眼透射出看破一切的眼神。

他把告示递过吧台。"你可以把这个收起来了，"他说，"你要找的人就是我。"

那人眉毛向上挑了半英寸。"刚来镇上？"

"看得出来吗？哦，是这个。"他把包放在一张凳子上，"刚下大巴车。"

"你之前在哪儿干活？"

"差不多到处都干过，时间有长有短。待过那些铺着白桌布的高档场所，但大部分时候还是在快餐店。我可以给你看推荐信。"

"要那干吗？站进吧台操起煎锅，能不能干自然见分晓。去把那边挂钩上的围裙取下来，然后过来给我做一份煎蛋卷。"

"要哪种口味的？"

"你喜欢哪种口味的？"

"我自己的话，更倾向于简单一点，只放奶酪。"

"那你可以选一种。瑞士奶酪、切达奶酪,或者希腊羊乳酪。"

"我喜欢在沙拉里放羊乳酪,"他说,"但我做煎蛋卷时的首选是瑞士奶酪。"

"那就做一份瑞士奶酪煎蛋卷。我们这里是用三个鸡蛋,配上吐司。白吐司还是全麦吐司?"

"全麦。"

"再加上一份炸薯条。"

"明白。"他说道。

他着手干起来。他想,在蒙大拿州这种地方都要用到羊乳酪了,而首先这个人就显得很像希腊人,也就表明那是个希腊单词,并不是某个日本人想说灾星简,他之前应该听过这个词吧?

没错。

他把煎蛋卷放进盘子里,加上薯条,把它呈上吧台。两片吐司早已涂好黄油,被装在另一个小盘子里。

"为什么给我?"

"我想你会尝一尝,看看做得怎么样。"

"我不能吃蛋,油炸食物也不行。总去看医生真让我头疼。不,我不需要尝味,我是看着你做的,那我就知道尝起来会是什么样。不是给我,而是给你的。你刚下巴士,肯定还饿着,除非你疏忽大意吃了车站的那些玩意儿。"

"我没有。"

"真好,不然你可能会送命的。坐吧,放轻松点。你想要咖啡吗?不,待着别动,我去给你准备。"

他开始进食,并克制住狼吞虎咽的欲望。这是他的早餐兼午餐,是他昨晚提前吃了晚餐之后的第一顿饭,而且他一向都很享受自己的厨艺。

吃到一半,他停了一会儿,说:"是橄榄。"

"怎么了？"

"卡拉马塔，"他说，"我有一点印象，但没想起来是什么。是橄榄的名字，对吧？一种特别的橄榄。"

男人笑了。"紫色的大家伙。有库存时，我们会在希腊沙拉里加上三颗，不然就用食材市场的黑橄榄。这一带大概没什么人懂得其中的差别。店名是我父亲取的，但指的不是橄榄，而是希腊的一座城市。他一瞅准机会就拼命逃离了那里，让人好奇他为什么把这个名字挂到餐馆大门上。"

"你从没去过那里。"

"以后也不会去。如果我要飞去哪儿，嗯，我倒也可以看看巴黎。但我要是真能离开蒙大拿州，那就是奇迹了。这里还不错，十字溪。"

"这里看起来挺好。"

"那么我就想问你了，你会在这多待一段日子吗？因为你很懂行，我也肯定会雇用你，但要是你只想挣一张车票钱,那你该清楚,工作刚步入正轨就要走的话,对我可起不了什么帮助。你懂我说的意思吗?"

他点点头。"我不打算去任何地方。"

"那你是这一生都梦想在蒙大拿州十字溪安家啊。"

"我是下车时才听说这个地名的,"他说道,"不管怎样,我并没有什么梦想。"

"没有吗?"

"也许有过,"他说,"但有好多年没有了。我已经懂得此处和别处并无不同。"

"懂了这一点,就懂了很多。"

"我所求不多。一份能让我自己做饭吃的工作,一套换穿的衣服,一个睡觉的地方。"

"你还没找到住宿呢。"

"是的,先找到工作再说。"

"嗯,你已经找到了。上一个家伙被我请走后已经快两个月了。他掌厨倒还行,没别的,就是翘了太多天班。有几天早上他进门时还打着酒颤,你一眼就能看出他翘班的原因。你有这一类问题吗?"

"没有。但假如有,我大概也会说没有。"

"嗯,我刚问出口就觉得多此一举了。你叫什么名字?"

"比尔,"他答道,"我姓汤普森。"

"很大众化的美国名字嘛。我叫安迪·佩奇。"

"也是个大众化的美国名字。"

"哈,但我就敢说这名字是我出生时取的,不过我父亲下了船才把姓改成了佩奇。你被录用了,比尔。现在我们来协商一下排班和薪酬。"

没费太久,他们就达成了一致,握手缔约。

"这样你就有工作了,"安迪说,"你还想来杯咖啡吗?或者一个派?这儿的山核桃派真的不错。"

"暂时不用,谢谢了。"

"对了,你现在想的是找个房间住进去。车站另一头隔一个街区有间旅店,不算差。不然的话,还有几个地方在出租房间。"

"我过来时看到大约在两个街区外有一间。"

"在公路对面?黄色的大房子,底楼有间理发店那家?那是明尼克太太家。要是她在窗子上挂出了招租告示,你最好在她取下来之前赶紧过去。那地方像模像样,她也一直在做保洁,而如果你还是个好房客——"

"我是个好房客。"

"很好,我猜也是。跟她说你是我新招的煎炸厨师。我觉得你会喜欢上那里的。"

"我也觉得我会喜欢上这里。"

"嗯,但愿你会,比尔。但愿如此。去吧,找个房间,安顿妥当。然后明早再过来,你就可以给自己做早餐了。"

某些事情上,安迪有他自己的一套做法,不过这是很正常的事,而比尔·汤普森也不是个坚持己见的人。他磨合得相当快,另外他记性也很好,事情都不需要交代第二遍。

而且,他站在吧台后面跟站在烤架旁边一样游刃有余。他对待客人友善随和,但也不是太随和,因为过分亲近会惹人反感,尤其是对女性。而卡拉马塔的吧台是能让只身前来的女性体验温馨舒适的地方。她们有的喜欢打情骂俏,有的不喜欢,你需要能察言观色,掂量分寸。你不能对她们有所暗示,那无论如何都不是工作的一部分,但如果你不来点小小的调情,有些女人会觉得你冷冰冰的,而另一些女人面对你的调情会认为你行为出格。这不是一个逻辑学问题,你不可能坐下来拿支笔在纸上解决。

你需要拥有正确的直觉，就像他所拥有的一样。

　　他印象中没见过比格尔达·明尼克家出租房更好的房间。几年前他有一幢自己的房子，起居室和厨房靠前，后面是两间卧室，占了镇子边缘的八分之一英亩地。那个镇叫什么来着？房屋的景象历历在目，就算现在要他画户型图也是成竹在胸，但"阿肯色州的史密斯堡"这个名字却花费了他一番时间思考。屋前的小草坪里灌木丛生，纤细的小桦树生长于其中。从别处收回这幢按揭房的银行很乐意把它租给他，租金也比带家具房间出租的一般价格低。中介商告诉他，租约里包含一项购买权，允许他租满一年后买下房产，并向他解释了这样做的好处。他时不时地会考虑这一提议。这挺好的，能独自拥有一整栋房屋，生活自然是又提升了一层，但屋里各处施工都有偷工减料，地下室也很潮湿，而且一位煎炸厨师要一间家庭厨房来做什么呢？

终究是空中楼阁，他那时提前五个月中断了租期，离了城，出了州。

在明尼克太太家，他需要爬上两段铺地毯的楼梯，与另一个房客共用走廊尽头的卫生间。但房间本身很大，结构匀称，家具完好、顶用，有朝北面和西面开的窗户。

这里有一些规矩。客厅里倒是有台电视机，但如果他要自己弄一台，那么在晚上十一点到早上七点半之间，他得把它关掉，或者至少弄成静音。这段时间内也不能放收音机。昼夜任何时候都不能高声放音乐。凌晨到六点间不得冲澡。无论同性还是异性朋友来访，都不能带进房间里。屋内任何地方都禁止吸烟。不禁止饮酒，但不能喝醉。

这些对他都不成问题。

她给他开出一个价码。"或者你也可以按月支付四倍的周租金。这样你每月可以省下几块钱，只有二月份是例外,你一个子儿都省不了。"

他应该笑出来吗?他无法判断。她说话时毫无顿挫,就和她刚才告诉他哪些时候能冲澡,哪些时候不能一样。他想提一下闰年的事,又打消了念头。

四月还剩下一个星期。他交付了一周的租金,并表示他有可能从五月一日开始换成月付方式。

他打开行李包,把衣服放进梳妆台抽屉里。梳妆台上放有一张镂空通花垫巾,位置正好盖住某人违规吸烟时留下的一截烟头烧痕。

包里出现的唯一意外之物是他的酒杯。那是一个圆形的平底玻璃杯,一边标有六个容积刻度,分别标出一至六盎司。他说不准它是什么时候混进他的东西里的。那不是他买的,他也不觉得有谁买过,也不会是买来喝酒的,因为他相当肯定它最初只是个果酱瓶。用完了最后一点果酱的人显然相信瓶子值得留作他用。而显然他自己也持有相同想法,在匆忙往包里塞东西时还给它腾出了空间。

他把杯子放在垫巾上,然后去窗边坐下,直到天色变暗。他拿着毛巾和洗漱包走下楼,冲了澡,刮了胡子,确保把浴缸和水槽清理到如同使用前那样一尘不染。他回到房间,找了个地方来放他的剃须工具,把他的牙刷靠在六盎司水杯里,又把明尼克太太提供的毛巾挂回了一开始挂的杆上,最后挑出一件T恤换上当睡衣。

今天一早装包时,他曾把一条装钱的贴身腰带系在了腰上,用衣服盖住。他冲澡前取了下来,身上弄干后又把它戴上。那里面装着他所有的现金,除了钱夹里的几百块。该把它藏进哪里呢?他环顾四周,决定留到早上再想。

他躺上床,把枕头调整舒服。闭上眼,任自己被睡意挟卷而去,倏忽之间想着他这是来到了哪里。

他之前就这么干过,他想,而他还会再干一次。见鬼,他已经在这么干了。

他在十字溪逐渐过上了规律的生活。一周里有六天他都要在餐馆上全天班。最棘手之处莫过于要给他自己在休息日里找点事做。如果天气不错,他也许会去好好散散步,也许会去观赏一场电影。在雨天就没必要离开屋子了,也差不多没必要走出房间。

每周有一次,或者是两次,他从卡拉马塔下班后,会逗留在楼下的客厅里,在电视机前度过一小时。顶楼的两个房客几乎每次都在那儿,一位上了岁数的人穿着格子衬衫,往往扣错了扣子,另一位是退休教师,她总是带着一本书在放广告时看。明尼克太太每晚都会看两段节目,电视新闻和《危险边缘》,并在"终极危险边缘"环节结束时离开睡觉。

他几乎没碰过面的同一层的那个房客从不在电

视机前出现。她胖得有点不健康,去卫生间时得挂着两根手杖。就他所知,那是她唯一离开房间的时候。

他不需要太多的消遣。餐馆工作让他从早上7点忙到晚上7点。这算是很长的工时了,但并非总在工作。在早餐和午餐之间,以及下午约3点到5点,都有休整的时间。况且这本就是他擅长的工作,他享受的工作。

无论想吃什么,他都可以自己做来吃。这样并没有什么不对。

他就这样一周接一周地在明尼克太太家住了整个五月。在最后一个星期四,他结束工作,步行回家,经过他住的房子时却没有停下脚,而是继续走向下一栋建筑。那里的招牌上,一根编织绳盘绕出斯托克曼这个名字。他走进去,闻到熟悉的酒吧气味,便径直走向吧台。他点了一杯啤酒,喝掉,然后望向架上的波旁威士忌,并买了一品脱的老克罗酒。酒保收了钱,把酒瓶装进牛皮纸袋递给他。

他把它带回家,连袋子一起收好藏在梳妆台的一个抽屉里。

第二天他下了班便直接回家。他需要冲个澡,于是便用了浴室,至于星期四刮过的胡子可以再顶一天。回到房间,他打开一扇窗户让和风吹进屋,随后便去床上躺了半小时。他几乎要睡着了,但还是没有,最后起床穿上了衣服。

他想知道,当初是怎么给一个威士忌的品牌想出老克罗[1]这个名字的?标签上绘着一只精悍的黑鸟,但他从中看不出答案。他最后断定,克罗,或者在它末尾添上字母e的这个名字,很有可能是属于最初

---

[1] 克罗(Crow)有乌鸦之意。

蒸馏出这种酒的人。

他先把牙刷从杯子里拿出来,搁到别的地方,然后才打开酒瓶。他严格地斟入两盎司的波旁酒,在开着的窗户旁落座。有人正开着动力割草机,离这里很近,他都能闻出青草刚被割下来时的气味。他让自己沉醉在这种气味之中,随后举起杯子,嗅入老克罗的气味,同样为之沉醉。

酒一饮而下。怡人的口感,怡人的灼热。口感舒滑,恰如其分,但同样点到即止的灼热感会告诉你,你喝着的东西应该拥有一份与之相称的尊重。

静坐于此,眺望窗外,耳畔响着割草机的声音,刚修剪过的青草气味沁人心脾。

过了大约五分钟,他顺着走廊去往卫生间,洗净并擦干了杯子。回到房间后,他把它摆回原来的位置,把牙刷放进去,然后将酒瓶放回梳妆台抽屉里。

之后的那天下午，他回到家，冲了澡，刮了胡子，给自己倒了两盎司老克罗。接下来的两天里，他也在限量饮用威士忌。到了六月的第一天，他付给了格尔达·明尼克四倍的周租金。

"那么你现在是要按月付了。"她说。

"这样更适合我。"

她若有所思地点点头，表情从未如此接近于微笑。"嗯，你真是让人放心。"她对他说。

在这之前，他每天都系着装钱的腰带，只是过了几天后，他开始在就寝前解下腰带，等到早晨才扎上。就在他一次性付清整月租金的那天夜里，他把腰带藏进了最底下抽屉的深处。

他觉得，部分原因是他找不出任何人进过他房间的迹象，除了女佣来的那一天。她会来换床单，新挂一条干净的毛巾，然后开动吸尘器。有一两次，他曾留下过一些小机关,只是为了确定她是否打开过抽屉。而她并没有这样做过。

这样一来,系着的腰带就成了多余的防范,而且还愈显累赘,因为腰带比他刚下大巴车时变鼓了不少。他并非在安迪·佩奇那里挣到了大钱,但他的房租——无论按周还是按月——很低,而且伙食理所当然是免费的。他给自己买过一件衬衫和一双鞋——他出来时只带着脚上的一双。除此之外,他几乎没怎么花过钱。

有那么几天,走路时没了后腰上的压迫感让他有点不自在。不过他渐渐又习惯了。

客厅里放有一些杂志。在粗略地翻看一年前的《时代》杂志时,他找到了一张可以寄回去申请订阅的卡片。它附注了一项承诺:如果对商品不满意,你可以在发票上用大写字母写明"退订"并把它寄回去。

他填写了卡片上的信息：威廉[1]·M·汤普森，蒙大拿州十字溪，东大街318号。他并不知道邮政编码，不过可以从另一本杂志的收件地址标签上抄下来。

到了早上寄出，便不再去管了。

给房客的信件都会堆放在门廊的樱桃木茶几上。一天晚上，一本《时代》出现在了上面，是寄给他的。他把它带上楼，在喝那两盎司老克罗时一页页地翻看，然后把它放到自己的床头柜上。

过了几天，账单寄来了。他把它和杂志放在一起。接下来的两周里，他又收到了两期《时代》，连带着另一本杂志《体育画报》和几个慈善团体的广告传单，其中一个组织在为有精神创伤的退伍军人提供治疗犬。

---

1. 威廉的昵称是比尔。

当下一个休息日到来时,他去了十字溪公共图书馆。他之前也曾路过那里,但这一次他申请了一张借书卡,提供身份证明时,他出示了他的租金收据,以及一本《时代》和几封寄给他的信件。他还以为要过一两天才能拿到卡,但图书管理员当场就制好了一张。

"我之前一直不知道你的名字,"她说道,"但我认得出你,汤普森先生。"

"哦?"

"是在餐馆。你注意不到我的,我总是坐在后面的卡座,并且通常都把脸埋在书里。"

"下次,"他说,"到吧台来坐吧。"

他找到了一本打算借的书,《金色道钉》,写的是第一条横贯北美大陆的铁路的修建过程。她为他办理了借书手续,并告诉他如果在规定的一个月里没有读完,可以拿过来续借。不然会有罚金,虽然算不上是天价,但为何要缴纳不必要的罚金呢?

他回到家,扔掉他带着的杂七杂八的垃圾邮件,把他的那本《时代》堆在了客厅那叠杂志里。他在《时代》的发票上用印刷体写上"退订",翌日将其寄回。

那本书很有意思。他之前也感觉会是如此,并非是随便从架上抓来的一本,但他同样不曾指望能沉浸其中。连着五个夜晚,他与书和两盎司波旁酒一起度过,一边小啜着威士忌,一边追溯着联合太平洋铁路的建造史,从铺设第一条铁轨的奥马哈,到打入金色道钉的犹他州普罗蒙特里之巅。

第二天正午刚过几分钟,他正在卡拉马塔吧台后,图书管理员在门口停下了。他迅速投以热情的微笑,指了指一张凳子。

"噢,"她说道,"我总是想要有个靠背。但这些凳子其实是有靠背的,不是吗?我之前从没注意到。"

他告诉她,今天的特色菜是匈牙利红烩牛肉。"是按我自己的食谱做的。"他说。而她说,那样的话她就得尝一尝了。

正值餐馆的营业高峰期,有很多顾客和菜肴需要他去关照。但在他收走她的碗并端上咖啡之前,他们已经断断续续聊过几句了。当他把咖啡杯放在她面前时,她说:"谢谢,汤普森先生。"于是他对她说叫他比尔就好。她也就借此机会告诉他她叫卡琳·韦尔登,还请叫她卡琳。

"卡琳。"他说道。

隔天是星期四,他的休息日。他起床后冲了澡,刮了胡子,尽管他昨天已经刮过了。他走出家门时挟着那本《金色道钉》。前一天晚上他熬夜读完了。

卡琳正在前台讲电话,他因而有了片刻的机会得以偷偷观察她而不被发现。

她的头发是浅褐色的,贴着头剪得很短。要是在东西海岸的大城市里,她也许会被当成是女同性恋,但他知道她不是。

她有一张瓜子脸,容貌普通,并不出众。一双大眼睛是澄净的淡蓝色。她穿着熨过的牛仔裤和红白格子女式衬衣,体型难称环肥或燕瘦。她手指上没戴戒指,也没有痕迹表明近期戴过。几乎可以肯定,她就像她看上去的那样,是一个刚过三十岁,在自己的生活中尝遍了独居生活滋味的女人。

他想,他们各自的生活可以说是从来都不会为彼此留下一席之地。他思忖着这种想法,想知道这会意味着什么。此刻她放回听筒,抬起头来看到了他。她的笑容一直延伸到眼角。

"如果你喜欢《金色道钉》……"
"没错,我特别喜欢。"
"那么,只要是铁路就喜欢吗?还是说,喜欢的是联合太平洋铁路的历史,或是它在国家开发中起到的作用呢?因为不管是哪种情况,我都可以给你推荐一两本你大概会喜欢的书。"

回答来得不假思索:"是它的历史。我清楚地认识到了这个国家的过去,以及那时人们看待事物的方式。"

她恰好知道一本书。"故事设置在美国东部,早在有人想到用铁路贯通大陆的好几年以前。"书名叫《水体联姻》,讲的是伊利运河的开凿。他将书随便翻至一页,读了几段,便知道自己想要读下去。

他递给她借书卡。她办理完文件手续,继而邀请他四处闲逛一会儿,也许还会瞧上点别的。哦,可不可以一次多借几本书呢?她向他保证可以。最多五本,她说。

他把闲逛做得有模有样。从架上随手抽出一册,翻一翻书页,再把它放回去。他觉得一次借一本就足够了，要知道他前一次来图书馆仅仅是为了申请一张借书卡。

在旁边不远处，一张橡木桌上放有四台台式电脑，其中两台前面已经坐着人在用了。有一块标示牌告诉他，电脑可以免费使用，但是有半小时的时限。你可以打印任何下载的文件，价格是每页二十五分。

他在那儿驻足片刻，又摇摇头转身走开。何必毁掉这美好的一天呢？

当他返回她的办公桌时，她正在她的电脑前忙着，但很快就以注目礼迎接他的靠近。"我想伊利运河就够我读一阵子了，"他说，"但我还是想问一个问题。"

"这是我工作的一部分，不是吗？要接受咨询。"

"我到现在都还没想清楚，"他说，"我在休息日里该去哪儿吃饭？我可以再回安迪那儿，但……"

"但那种感觉就很不像是在休息日。"

"那种感觉,"他说,"就像是我应当在饭后穿上围裙,自己洗碗。我想,一星期里也就一晚,我的面前应该铺着白桌布,让别人来侍候我,那样会很不错。"

她向他介绍了三间餐馆,只有一家开在十字溪。她似乎尤其钟爱开在十字溪与伯纳姆之间的大篷马车旅店。他说那听上去确实不错。

"但是要走路去的话就太远了。"他说。

"啊,我也觉得。有二十英里路,或者大约这个数。你没有车吗?"

"甚至也没有驾照。在我之前住的地方,不需要车也很方便。所以当传动装置报废后,我就把车给扔了。我的驾照是其他州的,也一直懒得去更新或者申请新的。"

她点点头,理解了这番话。

"我正在想,"他说道,"这个大篷马车旅店听着正合适,除了两点:太远而不适合步行,听上去太美好而不适合一位男士独自用餐。"

这又是另一番需要她理解的话。

"所以如果你能提供交通方式,"他继续说道,"我会很乐意承担晚餐的费用。就社交来讲,我觉得我们对此应负连带责任。"

当侍者请他们点酒水时,她要了一杯无糖可乐。他说他也要一样的。

当他提到她的名字时,她说道:"假如我不是个女孩,我就会成为小卡尔。而他们就是很肯定我会是个男孩。那时有个印第安老妇人据说每次都能算准。"

"直到你降生。"

"我也可能会叫卡拉,但我妈妈想出了卡琳这个名字。有一个歌手叫卡琳·卡特，还有一首乡村音乐，是一个男人吟唱着高中时认识的一个女孩，《卡琳》。以前会经常放，但现在再也听不到了。三十四年了，我从未遇到过第二个卡琳。"

"这些年来，"他说，"我会时不时地碰见一个叫比尔的家伙。"

"嗯，我猜也是。你的全名都比我单独的名字要常见得多了。比尔·汤普森。不像是约翰·史密斯那种，但也差不多了。"

"我也可以改成卡琳这个名字，但别人会觉得我很滑稽。那你的父母……？"

她摇了摇头："他在我上二年级的时候出走了。我们没收到过他的消息，哪怕只言片语。我不知道他现在在哪里活着，或者他是否还活着。而她已经去世了，噢，有八年多了，快九年了。到了十一月就满九年了。你家里有兄弟姐妹吗？"

兄弟和姐妹各有一个，但他和两人都失去了联系，而且这场谈话有必要涉及他们吗？

"没有。"他答道。

"我也没有。我曾经觉得假如有的话会很棒，但人们说独生子更能学会自立。"

"那你是吗？"

"自立？"她想了想，"我猜是吧。我似乎并不害怕要独自面对生活。我见证过爸爸的离开，妈妈的过世，还有婚姻的失败。"

"你结过婚啊。"

"我的离异史比我的婚姻史还要长。已婚两年，离婚三年。这种表述很奇怪,不是吗？婚姻破裂之时，就像是一家公司有太多的支出，却没有足够的收入。只是你没法通过记账找出原因。你结过婚吗？"

他摇了摇头："有一两次就差一点。"

"我倒是差一点就在最后一分钟反悔。你知道的，牧师不是会这样说吗？如果有人对这场婚姻有反对意见，请现在就说出来，否则永远不该饶舌。我那时真希望有人能站出来为我说话。我妈妈一直都不喜欢他，但她只有先起死回生才能表示反对了。真的没有能够发言的人，除了牧师和他妻子，还有两位担当证婚人的邻居，就没有别的人出席了。我不知道我是怎么了，一直对你说着这么多没人愿意听的事。"

"不，我很感兴趣。"

"我就住在小时候的房子里。从来没有搬出去住，而妈妈死后那自然就成了我的房子，然后他住了进去，两年后又搬了出来。"

"而你依然在那里。"

"而我依然在那里。生在十字溪，大概也要死在十字溪，有时候也挺伤感，那么多未选择的路啊，而另外一些时候又觉得这样其实正合适。"

"安迪说他不介意去巴黎,但又立马说他永远不会去。"

"或许每个人都需要有个永远不会去的地方。对我来说,那就是伦敦。你读过一本叫《查令十字街84号》的书吗?书的内容全是信件,是纽约的一个女人写给伦敦一家书店的店主的。我忘了她是一位作家还是编辑什么的,不过她同样可以是一位图书管理员。"

"而且还住在蒙大拿州?"

"哪里都行。他们互相写信有二十年之久,而她在这世上唯一的愿望就是去那里,看看那家店,和那位男子见面。等到她终于去了那里,店已经关门,他也已经去世。"

"又是一个大团圆结局。"

"生活里俯拾皆是。总之,伦敦就是我永远不会去的地方。你呢,你的是哪里?"

是家乡,他想。

他说出口时成了:"哦,我不知道。也许是夏威夷吧。"

在返程的途中,他们没有交谈,但这种沉默很安详,不带任何锋芒。她开车很谨慎,视线一直落在路面上。这段时间里他就一直注视着她。他在心里斟酌着各种言辞,为了表达想参观她家的欲望而寻觅着最合适的方式。他想不出什么比较自然的方法。他或许可以随便说点事情,任何事情,只要是关于她的住处的,并让她有机会邀请他去看看。

静坐注视着她,他很好奇她秘密的内心深处是否同样打着小鼓,想邀请他到家里,担心他会拒绝,担心他会答应。

几小时前她在明尼克太太家门口接他上车,现在她也在同一个地方刹住了车。他有了一个大胆的念头，想邀请她进去，单纯是因为这样能触犯规矩。而他只是说："好吧，我就在这儿下车了。"

"比尔，我真的过得很愉快。"

"真的吗？我只知道我是。也许我们还能……"

"下一次再去？我很乐意。"

"你去过电影院吗？我是想也许还能在晚餐后再去看场电影，在下一次的晚上。"

"我很乐意。"她把手靠在他的手上。现在是吻她的时机吗？也许吧，如果他们是站在门口，而不是正坐在福特雅士的前排的话。

他经过客厅，没往里看一眼，便爬上了通往房间的楼梯。他已经准备好要睡觉了，这才发觉还没有喝酒。他本来可以在她来接他之前喝一杯的，但又不想让呼吸里带着酒气。况且，他认为他们到了餐馆可以一起喝上一杯，然而当她点了杯无糖可乐时，他也就附和她的选择了。

去他的，他都刷过牙了，已经躺在床上了。他关掉了灯，渐渐进入梦乡。

三天之后的晚上又有一次约会。他干完活，回家冲澡，刮胡子。这一次他在她来接他之前喝了一杯。他们在她提到过的一家十字溪的餐馆用餐，女服务员跟他们打招呼时直接喊着她的名字。

"她高中时比我低一个年级，毕业时已经怀了孕，"卡琳解释着，又皱起了眉头，"我说起来就好像那还是件大事似的，尽管都过去这么多年了。不过高中时代总是让人无法释怀的，不是吗？"

"我想也是。"

她问起了他的高中岁月是怎样的，而事实上，他根本就没法那么清晰地回想起来。他只能老实地说，他觉得没人会认为那几年好过。

"即使并非如此,"她说道,"我读到过,别问我是在哪里读的……"

"大概是在图书馆里吧。"

"你说呢?写的是一项追踪调查,关于阔别十年后回顾高中经历时的感想。那些普通学生感想都一样,讲的都是那时候自己有多么在意别人的目光,觉得自己是多么地孤独,自己是多么渴望着迈入人生的下一个舞台。但是你知道那些学生时代风光无限的家伙们,那些体育健将、班委主席、班花校草,他们是怎么说的吗?"

"怎么说的?"

"跟普通学生完全一样!他们看上去是经历了生命中最美好的时光,但其实过得和我们同样悲惨。"

房间装点得很精致。天花板看着很高,餐桌之间的间隔也留得挺宽。几面墙上都挂着加框的风景画,悬索一直挂到阴角线上。然而他感觉从安迪的小餐馆里能端出比这更好的饭菜。

他不会这样讲出来，可是她在一同漫步去电影院的路上发表了意见。"他们用的食材很新鲜，"他回应道，"卖相也不错。而且毋庸置疑，他们在氛围上领先了一大截。但不管是谁在掌勺，他都需要学习一些东西，并且再忘掉一些东西。"

"你愿意在那样的地方工作吗？"

"我在更华丽的地方都工作过几次。你知道的，就是那种大都市高档消费场所，厨房里有全套班子供使唤。在这个等级制度里我只是个打下手的。但就算我能获得很高的地位，我觉得我也不太乐意。我更喜欢在卡拉马塔这样的地方站吧台，这里不会有人因为不喜欢瓶塞的味道就把葡萄酒退回来。"

"你在安迪店里又买不到酒，不是吗？"

"你说到点儿上了，"他答道，"本来就不能点的东西，自然就不会被退掉了。"

在工作日的晚上，小影院里空出了三分之二的座位。影片由杰夫·布里吉斯主演，在片中他是一位曾经红极一时的乡村歌手。有一个女人认为自己能带他走出低谷，而他坐在座位上，在那头看到了他自己和卡琳，他们正演绎着各自的剧情。

放映了二十分钟后，他探出手去拉住了她的手。

片尾字幕滚动播出时，他依然这么握着。

在外面，空气感觉不像是在蒙大拿州。更像是在墨西哥湾沿岸，潮湿闷热，惹人情迷。他们一边走向她的车，一边评论着刚看完的电影，然后陷入了沉默。到了她的车旁，她转向他，叹了一口气，肩部放松了下来。

他说："在你放我下车前，我很想参观下你的家。"

她转身拉开车门，坐到了方向盘后。她的家在镇子的最外面，一路上两人都没说话。她把车留在院落小路上，领着他来到前门，用一把钥匙开了锁。

进到里面,他等着她关上门好抱住她。他们拥吻了好一阵子,接着她说着"噢老天爷"便握住了他的手,牵着他来到屋子深处的卧室。

双人床很整洁,铺着带花卉图案的床单和白色簇绒床罩。她扯下床罩,让它滑落到地上。然后她看向他,脸颊微微泛红,深吸了一口气,将连衣裙褪过头顶。她静立了片刻以展示自己,随后迈步向前,转过身子,好让他解开她的胸罩。

当她打起瞌睡时,他溜出被窝,穿好了衣服。他刚把手放在门把手上就听见她喊"等一等"。

"我最好是现在回家。"他说。

"你会需要搭车的。"

他回答说他不介意步行。那得花上半小时,她说,也许更久。而且他知道路线吗?她准备起身,但他把手放在她肩上,让她别动。

"我没问题的。"他说,"好好睡一觉吧。我早上再来找你。"

之前坐车过来时,他没有太注意观察,不过路上的拐弯并不多,而他一直都拥有良好的方向感。他凭借直觉走了十或十五分钟,便来到一条熟悉的街道,而要走完剩下大约一英里的路回到明尼克太太家就没什么困难的了。

他一路都在回味方才的温暖、甜蜜、激情。这些记忆,这些最好的伙伴陪着他一起穿行在盛夏的空气里,在盛夏闷热黏腻的空气里。

他突然有了个想法:自己可以就在这儿一直待下去。而他很想知道这个念头到底是什么意思。待在哪儿?在这些街道上,不断地走回他的住所吗?在这个镇子里吗?和这个女人一起吗?

在楼上,他躺在床上,思考着需要多长时间才能把他在世界上拥有的一切都塞进行李箱里。他自从下了旅途大巴后又买了一些东西。它们还能装得进去吗？

真是滑稽的想法，况且他从未像现在这么愉快。**所有想要的东西**，他想。而究竟还有什么事情比得到所有想要的东西更危险的呢？

早餐时分的人潮一消退，他就往图书馆打电话找她。交谈很短，但足以传达他们对昨晚的满意，以及对更多约会的憧憬。他提议当天晚上去吃晚餐，而她说会来接他。

他站在前门外等待，车刚刹住他就钻了进去坐在她身边。她询问他想去哪里吃晚餐，可他不知为何欲言又止。沉默一度降临，但又并不会令人尴尬。

终于她开口问道："你肚子饿吗？"

"不算饿。"

她等着他系上安全带，然后驶离街沿坎。两人一开始都没有说话,开出两三个街区后,她这样说了句:"我现在唯一想吃的东西就是你的命根子。"

她说话的时候眼睛看着正前方,之后也一直那么看着。她的视线紧盯路面,两只手都抓着方向盘。

他伸出手去盖在她一只手的手背上。

"我大声说出来了,不是吗?"

"不然就是我开始有幻听了。"

"这不像是我,"她说,"会这样讲话。"

"呃,我不是什么专家,但在我看来这是个十分好的句子。语法正确,还不止这点。"

"'她是个荡妇,法官大人,但她的英语说得很标准。'可是,你知道吗,事实就是如此。"

"可能是吧。"他说道,"只是,再过一会儿,你大概就会很想要块三明治了。"

突如其来的是她饱满圆润的笑声。"噢,比尔,你就是应该这么回答。的的确确该这样。比尔?"

"怎么了?"

"我是可以做我自己的,对吧?"

即使到了床上,新奇感也并未减退,但焦躁的情绪消失了。他继而发现她是个大胆而饥渴的情人,怀着活力与激情为他也为自己创造乐趣。事后,不出所料,她的食欲回来了。她让他待着别动,他便闭上眼打了一小会儿瞌睡,直到她端着两盘炒鸡蛋、香肠和培根出现时才醒了过来。

"全天供应早餐,"她宣传道,"比不上你每天早晨做的那些,我知道。"

他向她保证,这顿饭没什么需要道歉的。

他们重返床榻,重返亲密无间,一边爱抚着彼此一边闲聊。她告诉他,已经有好长时间没这样过了。他回应说,对他来讲也是很长的一段。他看出她心里有话想问,于是解释说,他来到蒙大拿州后还没有和别人交往过。

"天啊，责任重大，"她说道，"要代表我的州了。你知道我们州的州格言吗？"

他不知道。

"'Oro y plata.'[1]不是很棒吗？'金与银'。嗯，那就是从前人们决定过来定居的原因，现在也是。要介绍你的州时，能想出的最美好的事物竟然是从地底下挖出的东西，在我看来这相当粗俗。比尔？我做得还好吗？"

"什么做得……"

"你知道的。我结婚之前基本上没经历过什么。而且你也知道，那算不上是完整的婚姻。"

她告诉他，离婚之后，有一段日子里什么事都

---

1. 西班牙语。

没发生，接着是和一个已婚男人的短暂韵事。她其实是乐见他已有家室的，因为这样就使他们的幽会限制在每周一两次的短暂碰面之内，她不奢求更多。然而他一直摆脱不掉私通的罪恶感。他三番五次告诉她这样做不对，而在最后的那一次里，她赞成了他的看法，并说他们是应该结束这场关系了。

"他被吓到了，"她说，"尽管他装得若无其事。他以为我会尽力去慰藉他良心上的不安。但我觉得分手时他很有可能也松了一口气。反正我是。"

然后是一个来自俄勒冈州尤金，路经此地，向图书馆推销电脑软件的推销员。他带她去吃了晚餐又上了床。她觉得这段邂逅还算不错，但从不指望还能遇见他。

她也没再遇见过他，然而过了大约一个月，另一个家伙走进了图书馆，在她办公桌前驻足。不是来推销软件或是别的什么，而是说埃德·卡迈克尔让他来这里向她代为问好。她十分感谢,他则说看样子他得在十字溪住一晚上了,他刚订了间汽车旅馆的房间,城里面有没有什么正规一点的餐厅呢?比方说能品尝到正宗牛排的地方?而她能否使他不致一人用餐呢?

她陪他吃了晚餐,还喝了几杯酒,这之前她几乎没这样喝过,接着就和他一起回了汽车旅馆。事后他像个绅士一样套上几件衣服并开车送她回图书馆,因为她把车停在了那里。她开车回家,在淋浴器下站得比平时更久。她并不感觉肮脏,那样说并不准确,但她也不觉得完全干净。

一星期后,有人给图书馆打电话找她。那是埃德的一个朋友,又或许是那个朋友的朋友,她早就忘掉了对方的名字。他刚来镇上,而埃德还是埃德的朋友谈到过一餐极其美味的牛排,但不记得餐馆叫什么名字了,而他在想她晚上是否有空可以——

"我不知道是被什么上了身,回答说他的朋友传染了世界上最可怕的淋病给我,如果他真的需要,我会特别乐意再传给他。而我无法知道他会怎么回应了,因为我马上挂了他电话。"

"他大概现在都还在思考该怎么回应。"

"我所知道的,"她说,"仅仅是我不想成为那样的姑娘。当你发现自己被困在蒙大拿州十字溪时,你能给她打电话,再请她吃顿牛排喝一点酒,你就能把这当家了。那样的姑娘也许并没有什么不对。她大概跟隔壁搜集洪梅尔陶俑的姑娘,或者街那头救助流浪猫的姑娘一样享受着生活。但我依然知道,她不是我想成为的人。"

"而现在我来了,"他说,"困在蒙大拿州十字溪。"

"你来了。"她重复道,一只手搭在他身上,好像是要确认他的存在,"第一次见到你时,我在想,瞧着吧,他最后会和女服务员搞在一起的。"

"谁？海伦？我不觉得会……"

海伦是安迪的一个姑姑，在丧偶之后为了找点事干而当起了服务生。卡琳翻了翻白眼："我想的是另外那个。"

"我猜到你在说弗朗西。那并不是我喜欢的类型，而且如果你要对女服务员下手，那就是在自找麻烦。"

"我想你是对的。你跟着图书管理员更好。"

再说了，弗朗西已经有人了。他站过太多吧台，女服务员要是在和老板睡觉，他不会看不出来。而当他第一次察觉到安迪和弗朗西刻意地不去注视对方，他就推断出了结论。他什么也没有说，也没有让人知道他有所了解。在卡拉马塔工作了数月之后，某天晚上，店里只剩下他和安迪忙着打烊，而安迪似乎想要侃一侃。

现在他差点就对卡琳说出了口，但又打消了念头。

周末，安迪把装工资的信封递给他时，脸上挂着一副不寻常的表情。不算是微笑，但是很接近了。他扬起眉毛，安迪便荡开了微笑。

"最好是检查下，"他说，"我觉得有点沉。"

他数了数，超重了二十五块钱。他之前就已经提过薪了，大约是在他开始按月付房租时。当时安迪解释说，是为了表达对他的欣赏。他向他保证，这笔钱完全是他应得的。

而现在又来了一次提薪。"真是太大方了，"他对他老板说，"谢谢你。"

"比尔，你在这里颇有建树。匈牙利红烩牛肉是你的主意、你的食谱。你把它引入每日特色菜品[1]，不出一星期，就有人点名要这道菜，现在它已经上了

---

1. 仅在每周的特定日期供应的菜品。

日常菜单。人们喜欢它，我也很能理解原因。"

"我们选用了正确品种的红辣椒后，它就变得愈发受欢迎了。"

"或许是这样吧，但一开始就没什么可挑剔的。还有大黄派。不止于构想，还吸引了帕克希尔太太来亲手实践。"

希尔达·帕克希尔是一个瘦骨嶙峋的寡妇，以前每天都会送两个派到小餐馆。一个总是山核桃馅，另一个通常是苹果馅。

"我只是告诉了她我有多么想念我妈妈做的大黄派。"

"她现在是前一天卖给我们两个派，后一天卖给我们三个。这样会使她受益，我们也能卖出更多的派。你知道还发生了什么事吗？关于大黄派有一件很有意思的事，我打赌你已经知道了。"

"人们通常会要求浇上冰激凌。"

"十次里差不多有九次吧。就算他们没有提到，所需要的也只是一句建议：'你想要配上一勺香草冰激凌吗？'他们总会点头。"

"嗯，大黄的味道很涩，冰激凌可以完美地抵消掉。"

"从美食的角度来看很好，从商业的角度来看就更棒了。我能问你一个问题吗？"

"问吧。"

"你的母亲真的做过大黄派吗？我可不信。比尔，提薪是因为匈牙利红烩牛肉、大黄派和所有那些香草冰激凌的。而如果你继续让十字溪的居民撑着大肚子，我们的下一步棋就是开一家减肥中心。是消是长都有得赚。"

　　他第一次在卡琳家过夜是在某个星期三。她总是提议要开车送他回家，而大多数时候他都会选择走路,但有时天气因素或者疲劳会使他答应坐车。这一次她指出,他明早不需要赶着去什么地方,那为何不留下来呢?他回答说他也在这么想。

他听见了她的闹铃响声,但又决定让自己再多睡几分钟,于是又睡了过去。他第二次醒来时已过十点,而她早就走了。餐桌上的一张字条告诉他,壶里有刚煮好的咖啡,并邀请他自己来做早餐。

他仅仅想喝咖啡而已。他坐在餐桌旁喝下两杯,既找到了回家的感觉,又觉得自己是个闯入者。他能看见他自己搜查每个房间,打开梳妆台抽屉,翻看壁橱。但他其实从未离开过厨房,而当他喝光了咖啡后,他把壶拆开来清洗干净,又洗了他的杯子。

他启程往住处走去,随即改变了主意,又朝向图书馆方向。她家离那确实很远,所以她总是开车。途中他认定,是时候迈出向前的那步,去申请蒙大拿州驾照了。他有一个好工作,有一个女朋友,是时候给自己买辆车了。

在他走进图书馆时,她一下子容光焕发。他也高兴见到自己的出现能激发出那种反应。她以**汤普森先生**的称呼欢迎他,像是又拉起了一道帘子。他靠近了办公桌,她便压低声音说,因为他睡得很香所以不忍心去叫醒他。

他走开去找书,接着慢慢地移步到电脑处。四台里只有一台被占用着,是一位年轻妈妈正在一个医学网站上查询。他在斜对面坐了下来,敲了几个键。他对互联网的全部认识就是使用谷歌搜索,搜出来什么就看什么,他现在就是这么做的。

他搜索"威廉·杰克逊",出现了几百万条结果。他让搜索更明确了一些——"威廉·杰克逊+北达科他州加尔布雷斯"。出来的第一个条目告诉他,海军少将威廉·杰克逊·加尔布雷斯于1906年9月15日诞生在田纳西州诺克斯维尔。他本可以继续读下去,看看里面什么地方提到了北达科他州，但他觉得若要了解这个人，这些信息已经够多了。

这比他想象的要棘手。

但是他丝毫没有泄气，很快就摸对了门路。加尔布雷斯邻近的两座大城市是法戈和大福克斯，从法戈发车的一班大巴把他从加尔布雷斯载到了十字溪。加尔布雷斯没有日报，但那两座城市都有，而且两份报纸都会在加尔布雷斯发行。两家报社也都有网站——看在老天的份上，连十字溪公共图书馆都有网站——他看了下能在大福克斯先驱报和法戈论坛上查到多少信息。

不算太多。你可以进行搜索，但这比不上走进他们的办公室，在过期报纸里翻找。

他算出了日期，就是他坐上大巴的那一天。他输进去搜索，但并没起到多大帮助。你可能觉得会出现那一天的报纸，但事与愿违，出来的东西毫无意义，就像是在告诉他少将威·杰·加尔布雷斯于1906年诞生在什么什么地方。纳什维尔？不，是诺克斯维尔，而他的生活会因为知道这件事而变得丰富多彩吗？

要是他知道自己究竟是在做什么，事情就简单了。可是他得全靠自己来弄清楚，因为这不是其他人能帮上忙的事。我想知道4月24日在北达科他州加尔布雷斯是否有过凶杀案。我想知道他们知不知道是谁干的，是不是一个叫杰克逊的家伙。

不，最好不是。

"北达科他州谋杀案"。

这样好多了。他再加上年份一起搜索，效果更好。

他滚动着页面，点击某些条目并且迅速浏览一遍，然后返回到结果列表。加尔布雷斯没出过任何事，没有提到过任何叫威廉·杰克逊的男人。

他回想着在加尔布雷斯度过的最后一个清晨。突然清醒，意识猛然坠入现实。手脚摊开，脸朝下趴在床上,身上衣服都穿着,连鞋都没脱。

他的衬衫被撕扯过,袖口已经成了碎条。

双手布满抓痕。

连带着消失不见的十小时或十二小时的记忆。其中有些时间是在睡眠中度过的,或者无论该怎么称呼他这种无意识的状态。但他能记起的最后一件事——

最后一件事是走进一间酒吧。他之前已经喝过两家了。第一次是去凯尔西,他几乎每天都去的那家。然后去了蓝狗,他时不时就会光顾,只要凯尔西没能让他消愁忘忧。他住在加尔布雷斯的所有日子里,蓝狗只去了不到四五次,而且从来不会在喝过头之前就从那里走出来。有一次他被人请了出去,但他不管是干出了什么事,都不会太糟糕,因为下一次来时他又受到了热情的款待。

只是,每一次他都喝得足够让第二天宿醉未醒,足够使他夜间的最后记忆变得千疮百孔——回到家，打开门锁，脱掉衣服，挪动到床上。这些他都做过，他也都记得起来，算是记得吧。但是记忆中的影像是拼贴而成的，在他努力辨认时不断变换着形状。

但在这最后一次离开蓝狗酒吧时，他的脑袋还是清醒的。没有人叫他出去。这是他自己的想法，他甚至没想过要回家。在旁边的街区也有一家酒吧，他曾路过几十次却一次都没有迈入过大门。这地段看起来有一点低档，他一直都这么觉得，有一点阴暗。

它究竟叫什么名字？是一个女人的名字。玛吉，玛吉什么的，或者别的名字。

是该去拜访下他们了。他记得在脑海里闪过了这句话。

除此之外，他还记得什么呢？

极其少。打开门时，迎面袭来一阵气味。里面含有好几种烟草味，混合着洒出来的啤酒和穿了太久的衬衫的味道。那根本算不上是什么好闻的味道，事实上令人极度生厌，然而它也有让人安心的一面。它拥抱他，引他进屋。你属于这里，它似乎这样打消了他的顾虑，赶快进来吧，你到家了。

酒保是一位高大的金发女郎，面容冷峻。她穿着一件粉红色的女士衬衫，前面一个扣子都没扣，露出了黑色的蕾丝胸罩。

玛吉的转身[1]——那个地方是叫这个名字。她就是玛吉吗？有可能，但大概不是。玛吉大概已经在某场糟糕的赌局中输掉了这家店，或是已把它卖掉

1.《玛吉的转身》(Maggie's Turn)是黛安娜·林恩·斯莱滕（Deanna Lynn Sletten）所著小说，讲述家庭主妇玛吉某一天突然丢下丈夫和儿女，展开自我追寻之旅，在新的生活方式中重获激情的故事。丈夫安德鲁在一手承担繁重家务后，理解了玛吉出逃的原因，也开始寻求她的再次转身。

转而前往育空河探寻新的矿脉，或是去了伊波市捣鼓新的把戏。前提是，假如真的有玛吉这个人的话。或许，酒吧的名字指的是一首歌，摇滚或是乡村音乐，两者都有可能。

他不记得点过喝的，但肯定是点了，因为他还记得她倒酒的样子，记得他接过酒杯，记得把它送至唇间。

那之后他什么都不记得了，直到他猛然醒来，像是一架收音机在最大音量下突然被打开。他全然地清醒了，衣服依旧穿着，鞋子依旧没脱，脑子里混入了某种杂念，使他意识到有什么事情被他彻底搞砸了。

只是，看上去并没有发生什么。没有可怕到上报纸头条，没有引发对威廉·杰克逊的通缉。

他的衬衫被撕扯过，有几颗扣子不见了。那很有可能是酒吧里一次打架的结果,甚至不一定得是像样的一场架。一次小小的推搡,一只揪着他衬衫的手攒紧成拳头,猛拽的力量足以撕开面料,把一颗扣子弄飞。

双手布满抓痕。

他看着它们,想象这双手握在一个女人的脖子上。她那双稍小一点的手不停地抓扯着他,一直到力量耗尽。

并不是一种回忆,不是那样的。仅仅是他的想象,是掌握所有迹象后,再为它拼凑出的一套解释。

但他的手是经常有抓痕的。他靠这双手工作,他一整天不是抓起这个就是伸手去拿那个,永远都在摆弄一些会烫手的东西或是用手剐蹭着各种食材。就他所知,他手腕和手背上的抓痕应该在他走进凯尔西店时就有了,因而是早在他去玛吉的转身之前就已出现。他完全可能带着手上的抓痕四处走动而对此没有丝毫察觉。

直到他醒来,带着记忆中被剪碎的空洞,带着对那里曾映照出的事物的十足恐惧。

但是一点点抓痕并非就能代表他的皮肤遭遇过某人的指甲。而他怎么可能掐死一个人却没有在互联网上掀起一阵足以留下余波的风浪呢?

有没有方法可以清除他在电脑上的历史搜索记录呢?他相当确定有,但没有找到,最后说服自己这并不重要。他退出系统,站了起来。

该继续他的生活了。

那天下午,他填了一些表,出示了他积攒起来的身份证明资料,申请了一张蒙大拿州的驾驶执照。工作人员向他确认他是否有一张外州的驾照,告诉他,如果他能出示它,他就不用参加路考了。他解释说那张驾照早就过期了,早到他甚至都没有继续留着它。他约好了路考的时间。

　　同样也有一场笔试，他们给了他一本学习用的小册子。他看了几页，意识到自己可以当场参加考试，不需要再读那本小册子。其中一道例题是：在三车道的公路上，中间的车道是用来停车的，这一说法是否正确？

　　他把时间约在下午三点，这是卡拉马塔休整的时间。你需要自己坐车去参加路考，于是得有人开车载你过去，因为你还没拿到驾照。他不想让卡琳翘班，安迪也不行，因为他们两人中必须有一个守在那里顾店。

　　"你可以用我的丰田车，"安迪说道，"弗朗西会载你往返。今晚我们关店之后，你和我就把它开出来兜一圈风，让你有一个熟悉它的机会。每辆车都会把东西安在不同的位置，灯光啊雨刷器啊这一类的，你不会想用一辆从未开过的车去参加路考的。"

安迪坐在他旁边，指引着他把车驶过十字溪的大街小巷，然后时不时地开上州道和县道。"你不会有问题的，"安迪向他保证，"这就像是在游泳，骑自行车。记忆进入了你的肌肉里，你忘不掉的。你就是睡着了也能开。"

"有些人真的可以。"

"老天，你还真别说，"安迪随即谈起了他开着车睡着了的那次经历，"我拐下公路，撞掉了一块路标，铲倒一根电话线杆。简直就是在滑雪橇，幸好我没有开太快，更幸运的是我把车偏向了右边而不是左边。那是两车道的路，向北通往威拉德，我同样有可能就这么撞上对面来的车了。这种事谁也说不清啊，不是吗？"

临近考试时间，弗朗西把她的围裙挂回了钩子上，而安迪把那串钥匙扔给了他。在车里，她问他紧不紧张，他回答说不。"是我就会，"她说道，"要是告诉我某场活动是一项测试，我立马就全身紧张了。比尔，你看中什么车了吗？"

"还没有。"

"安迪一直在说要换辆皮卡。你想要这辆车的话，他会给你开个好价钱的。"

他说这件事可以考虑考虑。他在之前申请驾照的地方下了车，完成了笔试，等待着一个女人核对他的答卷，直到她祝贺他拿到了一个漂亮的分数。"其实，我昨天熬夜在学。"他说道，并在她看向他时询问是不是真有人通不过考试。

"你会吓一跳的。"她说。

他回到车里，弗朗西载着他来到路考开始的十字路口。那里摆着几张折叠椅，她就坐在那里等，而一个穿着大众化的卡其色制服的瘦竿男则指示着他在乡村小道上开来开去，做出前进、倒车、三点转向[1]以及其他一切能证明他懂得区分汽车与缝纫机的操作。

"噢,得啦,这样已经足够了,"男人说道,"基本上所有人都能通过,普通小孩都在乡下地里开过太多里程了,等他到了这儿,已经知道该怎么做了。至于在原住民保留地的那些人,当然了,他们在自己的土地上开车不需要蒙大拿州的许可,而当他们想把车开去其他地方时,除非是喝了个半醉来考试才会挂掉。这个,我得说,他们有时候真会这样。而你通过了,威廉·M·汤普森先生。他们是叫你比尔吗?那么,比尔,欢迎来到蒙大拿州飙车道。"

所以,就像这样,他有了车和驾照。他想不出

---

1. 在狭窄公路上借助一次倒车进行调头行驶。操作类似于原地调头。

什么理由不去买下安迪的车,后者告诉他,只需付旧车价格蓝皮书里车商收购价的九折,而且可以从每周的薪水里减掉。

他本可以用现金付清,他一直都在积攒腰带里的私藏款,但最后决定采取折中办法,付给安迪一半的费用,剩下的部分则约好从薪水里扣除。

"你存了不少钱啊。"安迪说。

"不然,我还能花在什么上面呢?"

"在十字溪的话,并不多。当然了,你也会时不时想带你的女伴出去吃一顿好的。还要给她买圣诞节和生日的礼物,老天保佑你别忘掉情人节。送花或者糖果,你要是聪明点就是花和糖果。"

他有提到过卡琳的事吗?他不记得说过。不过,这是个相当小的城镇。每件事理所当然都会被每个人知晓。

"我会记住这一点的。"他说。

"而当你在为这种事操心时,感谢老天让你只有一天生日需要记住,只有一个女人需要送她花。啊,可别让我扯远了。比尔,存钱是件好事。或许有一天你会想要搞一点投资的。"

"哦?"

"算了。我们留到以后再谈吧。"

那天晚上,他带着卡琳去了大篷马车旅店。对于他的车,她表现得过于大惊小怪了,他指出这并不是一辆凯迪拉克。

"但这是辆车,"她说道,"而且是你的,这就很让人激动。你上次拥有一辆车是什么时候?"

远在四月份,他想。他是开着一辆开始老化的别克车住进加尔布雷斯的,居住期间在传动装置维修上花了几个钱,换过两个轮胎。然后撇下它不管,带着行李箱就去了旅途车站,因为如果有人要寻找威廉·杰克逊，别克车就会成为盯梢的目标。

他上次拥有一辆车是什么时候？嗯，严格来说，他大概依然拥有着那辆别克。他敢打赌说他们并没有在寻找他，因为他并没有给加尔布雷斯留下一具尸体，但他当然不准备回去开那辆车，因而现在遐想是谁正在开着它。车子并不差，真的。是会烧机油，但你应该料得到这一点。

他只是回答："哦，隔了有段时间了。"

他之前是在图书馆接上她的，因此现在他也把车停在那里，让她去开她自己的车，然后跟在她后面开去她家。他说不上有那个心情，觉得也可以马上独自回家，但他想，事情不会这么如愿地发展。

而他的兴头来得不晚。"我读到过一些东西。"她说着，避开他的眼神，举止开始体现出一种在塞得港的妓院里见习所获的卓越成果。

他把车开去卡拉马塔。在餐馆的背后有四个停车位，现在步行上下班的安迪之前一直都会把丰田车停在其中一个位置上。"车位和车是一起的，"他这样说过，"你能在明尼克太太那里找到所有家的温馨，但却找不到停车的地方。"

他把车留在车位上，走回了家，随即又想到大约是时候再买一瓶老克罗了。每天喝两盎司，八天就能喝掉一品脱。最近他改为买五分之一加仑装，这样一瓶就是二十六盎司左右，能让他多喝好一阵子。但现在瓶子里剩下的只够喝一杯了，甚至还不是很满的一杯，于是他没有停下脚步，直到让自己站在斯托克曼酒吧的门前。

酒保一句话都没问就取下了一瓶五分之一加仑装的老克罗，要把它塞进纸袋时却又停住了手。"J.W.丹特酒有特价活动，"他说道，"通常每瓶会比克罗贵一块钱，但这个月有人决定让它便宜三块钱。"

就在他考虑的时候，酒保摆上一只小口杯，斟上了J.W.丹特酒。"这杯我请，"他宣布，"这样你才有做决定的依据。"

他拿起杯子，一饮而尽。"尝着跟老克罗没两样。"

"你唯一的损失，"酒保说道，"只是标签上那只机灵的小鸟。"

他点点头，那人便把老克罗放回架上，而把丹特酒塞进纸袋。

他付了酒钱，接过找零，却没有迈开腿。他又点了一杯丹特，坐在那里盯着它，好长时间后才拿起喝掉。然后他又叫了一杯。

到此，他认为已经够了。够他找到那种感觉了，他也的确找到了，那种感觉并不坏。而那正如他需要感受的那般舒坦，正如他需要喝的那般多，他便小心地走回家，小心地转动钥匙，小心地爬上楼梯。

他把酒瓶收好，现在他的抽屉里有两瓶酒了，这就有点不对。老克罗酒瓶里还剩不到一杯的量，他想到自己大概应该现在就把它解决掉，这样到了早上他就能把空瓶子扔掉。

还是决定再等等。梳妆台底部的抽屉只有他一个人会打开，也就可以让两瓶威士忌再藏个一两天，而且总好过把这口威士忌藏进他的胃里。

但是在上床前，他还有别的事需要关注。

他取来他的贴身腰带，在钞票之间翻出了他的北达科他州驾驶执照。上面有他的照片，旁边写着威廉·M·杰克逊这个名字。他掏出新办的蒙大拿州驾照，对比两张照片，觉得它们更像彼此而不是像他本人。

他留着北达科他州驾照是为了应付紧急情况的需要。假如他被迫需要开辆车，至少他还有张有效的驾照，它要再等好几年才会过期。

这东西撕不开，它是那种用塑料和纸板压制成的卡片，或许烧得着，但这个过程中可能会冒出一股臭味。他花了二十分钟用瑞士军刀上的剪子把这东西剪成小片。驾照非常耐剪，这小剪子也很难使上力，等到成果能让他满意时，他感觉自己恢复了初次走进斯托克曼酒吧时的冷静。

在卫生间里，在准备就寝前，他冲掉了旧驾照的无数碎屑。躺到床上，在等待着入眠的那几分钟里，他觉得自己已经拥有了一个人所需要的一切。他有了工作和住处，有了一个女朋友，在床上床下都是位好伴侣。他有了一辆车和停车的地方，还有蒙大拿州的官方许可证，让他可以开着车畅行无阻。

一个人所需要的一切。

他醒来时口干舌燥，头也有点痛。但他的记忆是清晰透彻的。对于回忆起来的某些事，他有点不解。只是想去买瓶威士忌，为什么最后演变成了一口气喝下三杯酒?

没有答案,但也没有危害。两杯水解除了他的口渴,两片阿司匹林同样对付了他的头痛。

他走到镜子前检查他自己,看到的依然是他熟悉的那张脸。没有变好,没有变坏。

该出发迎接新的一天了。

一周以后,他独自负责早点的供应,而安迪则在中午时出现。当午餐的人潮渐渐退去,安迪说道:"比尔,你知道吗,你让我有了一些想法。"

"哦?"

"是关于派的。准确地说,是山核桃派。"

"你想吃的话,还剩了一两块。"

"你带给我启发的地方,"安迪说,"是大黄派和香草冰激凌。每当卖出一个派时,我都会问'要不要配上一勺香草冰激凌呢?'对于大黄派,通常是肯定的答复，对于其他口味的派，就是有的同意有的拒绝了。同意的次数也很多，所以值得一问，但还是比不上大黄派的情况。"

"呃，我猜是有一种天然的亲和作用。"

"亲和作用。我猜也是，于是我就从这里出发。我在考虑供应一种新口味的冰激凌。你猜得到是什么吗？是奶油山核桃味。"

"用来搭配山核桃派。"

"你不觉得这样就会激发出亲和作用吗？"

"我只是想推测出它们混在一起是什么味，"他说道，"要我说，还不错，但让我烦恼的是发音。"

"发音？"

"山核桃和奶油山核桃。"他说。

安迪考虑了一下，点点头。"像是一种回音。"

"嗯，是有点。像是同一种口味的双倍分量，但毫无疑问，你已经很接近某种答案了。大黄配香草，山核桃配什么？"他当时就想出来了，但并不急着说出口，"哦，"他说，"我打赌这个能行。"

"是什么？"

"只是一个想法，我在考虑朗姆葡萄干。"

"'一块山核桃派，正在做了。要不要配上一勺朗姆葡萄干冰激凌呢？'噢，我很喜欢。我都能尝到味道了。你自己尝试过这种搭配吗？"

"安迪，我不太爱吃甜食的。"

"对，现在回想起来，我不记得看过你品尝派或冰激凌。但你是搭配口味的天才。你知道我还喜欢它的哪点吗？人们已经为点了一份高糖分甜点的勇气而自豪，现在又有一种听上去像是酒的东西为他们锦上添花。顺便问问你，朗姆葡萄干调料里是真的有朗姆酒吗？"

"很有可能只是调成了朗姆酒味，你不觉得吗？"

"嗯，我估计卖这东西是不需要售酒执照的。只是有一些顾客应该事先了解到这一点。有四位女士，每周三在第一卫理公会车完被子后都会过来。你知道我说的是谁吗？"

他点点头。"总是坐卡座的。"

"而且通常每次都是同一间卡座，我要是想起来就会为她们留着。'喏，有一位女士最好是选择香草口味，并且担负起开车送你们回家的重任。'"

"你都把台词设计好了。"

"我现在要做的，就是趁还没忘记，马上电话联系下单。朗姆葡萄干冰激凌。真想知道摩门教徒对此会怎么想，我猜我们会知道的，不是吗？哦，比尔，我们要痛快地干一场了。你知道还会有什么事吗？我们要卖出一大堆冰激凌了。"

在那周剩下的某一天，他开车去卡琳家接她，但她打手势要他进去。他一跨过门槛，鼻腔里就填满了烹饪的香味，于是他知道他们哪都不会去了。

她已经在桌上摆好了雅致的瓷制餐具和布餐巾。她安排他坐在那里，自己去厨房盛满两盘菜，端上了餐桌。

这道菜是比利时风格的炖牛肉，是用啤酒来炖牛肉丁，以及土豆和根用蔬菜。她前一天晚上就做好了准备工作，然后就只是在出门上班前打开慢炖锅。

"我非常地害怕，"她说道，"要给一个靠厨艺谋生的人做一道很复杂的菜。但味道不错，不是吗？"

尝起来很棒，他也是这么告诉她的。她买了三瓶啤酒，是德国黑啤，做炖菜时只用掉了一瓶。他们便在用餐时各自喝掉了一瓶。后来他们一起靠在沙发上，看了电视，最后上了床。他们做爱时缓慢又温柔，但没过一会儿，两人的激情都来了。

事后他发现自己在犯困，便准备起床。她说："别，你已经累了。"

"别人会认出我的车的。"

"所以呢?那辆车非常完美。没有什么好羞愧的。"

"我是说……"

"我知道你想说什么,那你真的觉得我们会让别人大吃一惊吗?每个人都知道我们是一家人。"

"一家人。"

"我们可以等到早上再想想该怎么形容。"

到了早上,她并没有提起这个怎么形容他们之间关系的话题,而是提议让他在她家备一套换洗的衣物。哦,还有备用的剃须刀。诸如此类。

他冲了个澡,穿上他的衣服,然后喝了杯咖啡。

自从他买下安迪的丰田车已经过了六个星期,他一直都在想他们什么时候会谈起那项值得他考虑的投资。他并非在着急,但他知道事情就快要来临。

一天晚上,十字溪下了几片雪。两天之后,冬季的第一场雪在夜里飘落,又在早晨的阳光下融化。来吃早餐的人群因而有了谈资,所有人都能就此说上两句,没有哪句算得上真正有趣。

当屋子里的人几乎走光了的时候,安迪拿出两杯咖啡,向海伦点了点头,这是让她来代替他站会儿吧台。"跟我来,"他对比尔说,"我想和你谈谈。"

当他们面对面坐在后面的一间卡座里时,他说道:"要和你谈的这些事,我在脑子里想了几个月,现在是时候说出口,告诉你我在考虑些什么了。不过你大概也能猜得到。"

"只能猜到你大概不是想解雇我。"

"对嘛,等我的勇气再膨胀点吧。"他抿了口咖啡,"去你的,你必须得知道事情将来会如何发展。这家店我都经营一辈子了,感觉上像是如此,而我已不再年轻，如果在我人生中还有什么想做的事，那就差不多该行动了。"

"比如去巴黎旅游。"

"那件事永远不会发生，只是也有可能，只是如果我还在管理这个地方，又怎么可能？你明白我将怎么做。"

"我想是的。"

"把我困在这里的那个疑虑，是我应该怎么做。锁上门，把钥匙扔进下水道吗？我想我是可以那么做的。这个镇子，同样还有在这儿吃饭的人和工作的人，都待我很好，但这并不意味着我除了合理的薪水和满意的饭菜之外还欠别人什么东西。而且就算卡拉马塔关门了，谁又会因此挨饿呢？"

安迪的目光侧向一边，注视着一片虚空中的过去与未来——同时也在寻找着措词，比尔这样想着，并给他留了时间去寻找。

"你把一生都用来经营这里,还会想要就这么扔下它走掉吗?呃,你会,也不会。你只会想把它托付给可靠之人。"

沉默再次显现,这次该由他来打破了。"我有一种感觉,你说的不是海伦或弗朗西。"

"比尔,这家店有赚头。这么多年是它养活了我和我的家人,让我们不会衣不蔽体。我还得说,它就跟殡仪馆一样能承受经济萧条期。人们都得吃饭。他们可能会削减在高档场所的开销,但还是会跑来吃双面嫩煎蛋的,"他的表情变温和了,"还有红烩牛肉,"他说,"还有大黄派。"

"再配上一勺香草冰激凌,"他回应道,"安迪,你自己说这家店有赚头。也就是说它很值钱,也就是说你不会把它拱手送人。"

"是的,我需要卖掉它。"

"那真是太好不过,而要是我有钱的话……"

"你能弄到两千五百块吗?"

他的腰带里有两倍这么多的钱。

"假设我能。我可以用它买到什么呢?咖啡壶和吧台凳吗?天哪,除了店铺外,你还拥有整栋建筑,整套房地产。"

安迪举起一只手打断了他的话。"我跟我的会计谈过了,"他说道,"这行得通。你可以靠餐馆的收入付给我钱。两千五百块是现付,剩下的依据一个计算公式。我忘了你该偿还我多少年的钱,但在这期间,你将过着体面的生活。直到那个美好的清晨来临,它就将彻底属于你,一切债务都偿清。"

"老天啊。"他说道。

"现在,比尔,你应该好好想一想。并不是说我现在马上就要回家打点行李。我觉得我还是想在蒙大拿州多过一个冬天,这样我就不会忘记它的模样,所以我们还有很多时间让你做决定,让会计计算出明细，让律师整理好所有文件手续。但我最乐意去做的事就是在五月或六月的某一天和你握手，在那之后，你就正式成为卡拉马塔的所有者和经营者了。"

"有太多事情需要思考了。"

"确实——或者根本不需要开动脑子，这取决于你怎么看待这事。多说一句，卡拉马塔没理由不能改成你喜欢的名字。"

"我会怎么改？"

"嗯，半个镇子的人都叫它'灾祸'。你可以换块牌子，让它成为正式名称。"

"人们称呼它时，"他说，"都是说安迪的店。"

"头一两年他们还是会那样叫的，然后就成了比尔的店，很快十个人中找不到一个还记得它以前有过别的名字。天哪，我真要气结了，这就是他妈的一间餐馆而已。我很愿意丢下它离开的一间餐馆。你做出第一份煎蛋卷的那天，我就想到，也许就是这个人会从我手中接下这家店。那么，你好好想想，好吗？"

这三天里他时不时会考虑这件事。然后他告诉了卡琳。

他们正坐在她的沙发上边吃比萨边看电视，当他重述安迪·佩奇的提议时，她只是听着。她很善于聆听，能留给对方说话的空间，这是他尤其欣赏的特点之一。

当他说完后，她有一阵子没出声，随后她说的话令他很是惊讶。她问他会不会改掉店名。

"我不知道。"他说道，"你觉得我应该改吗？"

"我猜这取决于你会把那个地方做多少改换。"

"有多少？"

"我不知道。你会重新装修吗？会重新安排菜单吗？"

"把墙再刷一遍不会有问题,不过不用着急,看上去也不会有太大改变,仅仅是少了一些陈旧感。至于菜单,嗯,我一直都在不时地调整,所以嘛,我会继续鼓捣的。我可以从菜单上撤下几样希腊菜。帕斯蒂齐尔通心面,大多数顾客不懂这是什么。给它做点改动,再标上意大利千层面的名字,我打赌它会卖得更好。"

他又对她讲了几个点子。她说:"你对此很兴奋。"

"有一点。"

"还揣着些别的心情。是什么让你有了顾虑?"

"嗯,我对经营餐馆又懂得多少呢?"

"你懂很多,我觉得。"

"懂烹饪,懂推销吃的。我懂得怎么当老板吗?"

"你看过安迪怎么做了。"

以及这些年里其他很多人。"光靠看只能学会那么多,"他说,"人事管理,跟供货商打交道。这些都能让我头大。"

"我想也是。"

"在我出现之前,他都快要疯掉了。我也可以像他那样经营,只依靠弗朗西和海伦,但这样我只会不停干活到累死,除非我能再找到一个人。"

"你可以在橱窗上挂张布告,"她说道,"某个英俊的外来客会瞧上一眼,然后跳下大巴车。"

"对,说得真好。我也只能祝愿他能找到某个同样性感的图书管理员,并决定在这儿待一阵子。安迪是挣了不少钱,但那并不能保证我也可以。我可能会破产。"

"那假如你破产了的话?"

"我会把店还给他,搭上下一班大巴。"

"或者你也可以把店还给他,"她说道,"并且不搭上大巴。但首先你得破产才行,而我觉得那不可能发生。你太会干这行了。"

过了一会儿他说道:"你知道吗,也许明天我会去趟图书馆。查一些关于餐馆管理的东西。"

他于上午过半时现身,在商务区和食品区搜寻了一番,带着几本书到一张桌子旁坐下阅读。过了一会儿,他意识到他读的东西根本就没能进入大脑。字词一个个滑过他眼前,消失在了远方。

他把书归了架。你应当放着它们不管的,鉴于你无法保证将它们放回正确的位置,但他依然记得是从哪拿的书,并确保将它们放回了原位。

他走到电脑前。四台都没有人用,他便一个人坐下,登录系统,在网上随意地漫游着。他查了一下意大利千层面的几种食谱,这似乎是一道有无穷多样变化的菜品,除了宽扁的面条外没有什么牢不可破的规定,而就他所知,就连这一点也是有变通的余地的。

这也许会很有意思。尝试不同的食谱，找出他最喜欢的一种，然后不断调整成分比例和佐料，直到恰好合他心意。

对于其他菜品，他也可以拿来这么试验。菜单上的主要菜品，他都是照着安迪的方法去做的，但假如是在他自己的餐馆里，他就能制定自己的规则。

他又想到威廉·杰克逊和北达科他州加尔布雷斯。但他提醒自己，并没有发生什么。他逃出小镇，即使是在离开的大巴车上也能感觉到从后颈喷来的地狱之犬的炽热吐息，但这一切都毫无必要，不是吗？

只要冷静地审视，他就会发现这只是一种恐惧心理，当酒精在他记忆中留下空洞时便会自动袭上心头。如果在时间上有一段无法说清的经历，他就只能设想出最糟的情况。他肯定是做了什么坏事，不堪形容的坏事。不然为什么他的记忆会坚持将其排除在外呢？

因此，他惧怕着那种最坏的情况，并采取了相应的举措。全然不合理的恐惧，没有任何逻辑依据。

他深吸一口气，有一会儿屏住了呼吸。

随后他做了一件印象中似乎还从未做过的事。到十字溪之后没有，在加尔布雷斯时没有，在它之前的那个镇上没有，在那之前的也没有。

他调出谷歌，在搜索框里键入"沃尔特·赫拉德恰尼"，按下回车键。

即使在这么多年以后，那些条目还是跳出来了。在这一大堆条目里，大部分是得克萨斯州西部，但也有一些近期出现在有关悬案的网站上的内容。它们的描述在细节上不尽相同，但关键部分是一致的。一位已与丈夫分居，名为帕美拉·瑟斯顿的年轻女子，被勒毙在她曾与丈夫居住过的拖车式房屋中。她的尸体被发现时，死亡时间已有48到72小时。

嫌疑不可避免地落在丈夫的头上，但他和他的不在场证明都经受住了质问。帕美拉最后一次被人看见是在普莱恩维尤边界上的一家路边小酒馆，离她的住所不超过两英里路。她常常光顾那里，尤其是当她的丈夫搬出去住之后，而且离开时身边通常都伴着这个或那个男人。

很难确定她是在哪一晚毙命，也很难找到谁能确切回想起她在这候选的两个命定之夜的玩伴。数个人名浮现，数名男子力争证明自己未曾去帕美拉家过夜。然而其中有一个快餐厨师，记录在案的姓名是沃尔特·赫拉德恰尼。人们并不记得看到过他和帕美拉一起离开酒馆，但有两人回想起他曾经和她交谈过，因此，黑尔县的警察开始寻找他。

最后发现他消失了。有一天他就在普莱恩维尤，但第二天他就不见了。他应该去格里德家庭餐厅上早班的，但他没有去，也没有打电话请假。他一直是一家经济型汽车旅馆的长住客，按周付房钱，那里的衣橱里还留着他的衣服，卫生间里还留着盥洗用品，房间前还停着他的车。看起来他有可能已经死了，被杀害帕美拉的同一人所杀。不然他也有可能早已自行了断，游荡进某片麦田的中央开枪打死了自己。

没有找到他的尸体。他们从梳子上的头发中取得的DNA与帕美拉指甲里发现的相吻合。因此就当地执法部门而言，沃尔特·赫拉德恰尼不只是单纯的相关人士。他们掌握的有关他的线索足以结案，但又没法付诸行动，因为他们从未摸清他的蛛丝马迹。

一个与众不同的名字，沃尔特·赫拉德恰尼。

一定有方法能清除电脑的历史记录，他就这么一直找，直到最终找到。他删掉了过去两天里的一切，随即又搜索了一些食谱信息和餐馆管理的窍门，搭建起新的历史记录。

那次沃尔特·赫拉德恰尼的搜索记录并不会被完全抹掉。他看过很多电视节目,知道在电脑上做过的一切都会留下长存的印迹。在硬盘上,在谷歌海量的文件里,或者在华盛顿的某个元数据库里。

但他们得花好大工夫才能找得到,并且他们需要提出一个理由,而他们并没有。他也不打算留给他们一个理由。

第二天,他在卡拉马塔畅快地与人交谈,端出好多份早餐。到了十一点左右,他差点对安迪开了口,但他打消了这个念头,直到下午过半。

他说:"嗯,我仔细想过了,而其实我当时就可以这么简单地答复你的。这个提议太棒了,我要是拒绝那肯定是疯了。唯一遗憾之处是我会想念和你共事的日子。"

"而你唯一会面临的难题就是如何找到一位煎炸

厨师来媲美我找到的那位。我会叫人在报上登出通知什么的,但那只是一种形式上的程序。对我来说,我们已经达成了协议。"

那天剩下的上班时间里,他一直在想着电脑搜索的事,回想着得克萨斯州的普莱恩维尤。它地处州界线伸出去的那根柄上,名字也很恰当——在那里你能看到的唯一景象就是大平原[1]。

算是不错的小镇。

帕美拉·瑟斯顿。他从来不知道她的姓氏,也不知道她的名字有这么少见的拼写方式。他还是不清楚她会怎么念这个名字,到底是和帕梅拉一样,还

---

1. 普莱恩维尤(Plainview)的字面意思是平原景色。

是某种意义上能和"香草"押韵的那种。[1]

帕姆,别人是这么叫她的。

他不太能记起来她长什么样。当他试图想象她的模样时,脑子里出现的画面总是由报纸上他看过的那几张照片交融而成。

那么,他还记得什么?

跟她说过话,请她喝了酒。他那时还戴着一条蝶形窄领结——毕竟是在得克萨斯州西部,毕竟在一家牛仔酒吧。她走到面前,收紧了他的绿松石领针,稍稍偎依着他的身体,让他闻了满鼻子的香水味。

这就是他能记起来的全部。

接着他便在旅馆房间醒来,穿着全身的衣服,

---

1. 帕梅拉(Pamela)是该人名的常见拼法。文中人物名帕美拉(Pamilla)为其变体。帕梅拉(Pamela)和香草(vanilla)实为同一韵脚,仅有重音位置的不同。

包括靴子。他趴在床上四肢摊开,脚还耷拉到了地板上。

她弄紧他的领结后,他的记忆就化作了一片空白。空白之中一无所有,只是能肯定有什么糟糕的事情发生了。

他坐上了开往北方的大巴车,离拉伯克还有一半路程时,他开始怀疑自己是不是精神错乱了。带着不好的感觉醒来,便像子弹一样溜出了镇子?抛下所有东西,即使是那辆比这该死的大巴要舒服得多的汽车?这一切都只因他宿醉时太难受,所以觉得肯定发生过什么事?

这样过了几分钟,他才感觉到前臂的疼痛。他注意到了从袖口透出的血迹,卷起袖子便看到了抓痕。

直到后一个晚上,他才又见到卡琳。他期待着能把这个决定告诉她,但不知怎么的总是让开口的机会溜走。他们去看了场电影,而他的心思不停地从剧情上飘开,沉浸在脑子里的对话演练中。随后,当电影结束时,他决定还是顺其自然吧。

但他也不想让她先从别人那里听到这个消息,而十字溪的风声总是传播得很快。一两天后,当他正在寻找能自然带进话题的途径时,她开口问他有没有做出决定,总算让他解脱出来。

"我想我大概在安迪刚提出问题的时候就已经决定好了,"他说道,"他说这事根本不用开动脑子,确实说对了。"

"不过嘛,这依然是重大的一步。要我说,你花了时间去思考是明智的行为。那么,恭喜你了,餐馆老板。"

"是的。你知道的,接下来他们就会让我上电视节目了,就像那个谁谁谁。"

"埃默里尔[1]？"

"我想的是那个周游世界品尝甲虫和蠕虫的家伙。"

"安东尼·伯尔顿[2]。我们图书馆里有他好几本书。"

"啊，如果哪天我需要知道怎么烹饪蟑螂……"

"那你就知道上哪儿去找。亲爱的，我们应该庆祝一下。这次让我请你去吃晚餐。明晚行吗？"

"当然行，"他说，"这真是太好了。"

他们做爱时熟练却又激烈，而即使当他乐在其中时，他也能感觉到一股悲哀正向他涌来。

当她的呼吸平静下来后，他溜下床，穿好衣服。

---

1. 埃默里尔·拉贾斯（Emeril Lagasse），美国厨师，时常现身于各类烹饪电视节目。

2. 安东尼·伯尔顿（Anthony Bourdain），美国厨师、作家，因著有《厨房机密》一书而闻名。

他朝回家的方向开去,中途把车停在餐馆车位上,然后继续步行回家。

第二天晚上,他从卡拉马塔打电话给她。他觉得有点伤风感冒,他这样告诉她,天气预报说现在地上的新雪还会增厚,明天或者后天去吃庆祝晚宴会更好。他下班前会给自己准备点吃的,然后会回家并早早上床。

"快点好起来。"她对他说。

还剩了一块山核桃派,他决定用来当晚餐。他给它浇上了一勺朗姆葡萄干冰激凌。事实证明这个搭配很成功,实际上还同时提高了派和冰激凌两边的销量。

他明白这是为什么。它们是很好的搭档,朗姆葡萄干味和山核桃味。

他是能够让餐馆运作起来的。去他的,它已经运作起来了，而他心里不停地构想着让它运作得更好的点子。

他走路回家。地上还有积雪，但人行道基本都被打扫过了，他的鞋子要应付几英寸厚的雪是没有问题的。他沿路走进明尼克太太的家，在门口把鞋子跺干净，上楼回了房间。他的外套是在沃尔玛买的大方格耐用型，全羊毛，布满了红黑相间的格子。他一把它挂在门把手上，便从底部抽屉里取出那瓶J.W.丹特。

酒瓶里还有比三分之一再多一点的酒。他往杯中倒入两盎司的威士忌，然后把椅子拉到窗户旁边。地面上有一点积雪，一切都很祥和，当然一切也都很安静。

这里适合他，他想。他能在这间房间里、这张床上睡得很香。要去卡拉马塔也是相当方便，以至于即使现在有了车,他也从来不用开着它上下班。晨间的步行会唤醒他奔流的血液,让他能精神抖擞地投入一天的工作。夜里散步回家,则让他有机会把白天的所有压力甩在脚后。

他能够留下来吗?

对于一个刚来镇里的人,一个煎炸厨师,一个吧台服务生,住在一间带家具的出租屋里是完全恰当的。但他不再是一个新人,不再是一个刚下大巴、找了份工作好一边挣钱一边考虑下一站去哪的流浪客。他来了太久,十字溪人都知道他是谁,或者自认为知道他是谁。他是比尔,在卡拉马塔和安迪一起工作,也许他该去居民区找间适合他身份地位的住所。

并非是因为明尼克太太这儿有什么称不上体面的地方。

很快人人都将知道他已准备好接手餐馆。那之后不久他就会正式入主，而一个拥有一家餐厅的人会住在带家具的出租屋里吗，无论那地方有多么体面？

处于那种位置的人理应住进公寓。说真的，理应住进独栋屋里。

他举起酒杯，发现已经被他喝空了。对于这一现况，他思考了一会儿，然后走向梳妆台。酒瓶立在那里静候着他。他之前把它留在了台面上，而没有放回抽屉里，也许就是预料到了这一刻的来临。

他又往杯子里倒了两盎司刻度的波旁酒，便转身坐回椅子里。他自然没忘记带上这杯威士忌，而这一次他还带上了酒瓶。

波旁酒唤醒了他的想象力，他便随着它信马由缰。他看到他搬去了卡琳家，既有自己的住所又在和她同居，而小镇对此并无意见。有很多情侣没有结婚却住在一起。通常是等到怀上孩子时，十字溪居民才会认为你们应该建立合法关系，但如今连这一点也有了回旋余地。

不过，这样住在一起还是会有尚未修成正果之感，于是没过太久，他就向她求婚，而即使她没有做出同样亲密的回应，那也一定是她一直期待听到的话语。他认为婚礼应该朴素一点，他们两人站在一位镇书记员或者治安法官面前，随便蒙大拿州是什么习俗，或者只要她喜欢，也可以是一位牧师，因为对他来说都一样。只有他们两人，或者也许能让安迪来当伴郎，而她在图书馆的某个朋友能陪在她身旁，还有所有她想要邀请的人。

如果需要有招待晚会之类的，卡拉马塔就能承办。

他想去再倒一杯酒，发现酒瓶已经空了。他肯定是又斟过一两次,却对自己的行为毫无知觉。他喝了多少了,八盎司还是九盎司波旁酒?

没感觉出有什么不一样。还是舒适地疲软着,他忙完一整天工作时总是这样。依旧能捕捉到一丝从昨晚他们做爱时就缠住他的悲哀感,依旧挥之不去。他带着它入睡,带着它醒来,它依然在那里。

他们一旦结了婚,就可以把她的房子卖掉。他们会在更方便出行的地点买间更大的住所,或许可以是餐馆以东半英里左右的一间古老的大宅。如果她现在的房子住进两个人会显得有点过于亲密,那么那些维多利亚时代的人会提供远超他们所需的空间。他们会有一些用不到的房间,需要重新粉刷或者直接闲置的房间。

有一间大厨房,很可能会有的。有一间正式的餐厅。

也许还会有日光浴室。前门有门廊,二楼可能也有回廊式阳台。

有很多树。前门外有草坪，后门外有庭院。

远远超出他们任何一人的需要。不过，他一直都想要一间这样的房子。说不清为什么，从小时候起就没住过那么豪华的房子。也不认识有谁曾住在那种房子里，算不上有。

只是喜欢它们的样子。离主道只有半英里，这表示他还是可以步行去餐馆上班。给自己斟上一杯，拿着它出到门廊外。坐在一把摇椅上，品着他的波旁酒。

是两把摇椅，她就坐在另一把上。他们两人并排坐在门廊处。他会说上一点点话，有关他一天的见闻，她也同样会这么做，随后他们便会重归沉默，只是坐在那儿，没有说任何话的必要，因分享着沉默而满足。

一个人想要的一切，他曾经想要的一切，现在就只等着他点一下头了。

外面又继续下起了雪,势头并不算太大。大片的雪花于光束之中翩然飘落,身姿优雅动人。

他坐在那里,就这么看着,想着。他看了看空杯子,又看了看空瓶子。

他站起身。

在他从门口走到吧台的期间,斯托克曼的酒保已经把一瓶未开启的五分之一加仑装丹特酒装进了纸袋里。他摇了摇头,那人问道:"改回老克罗吗?"

"不,丹特就很好,但我不需要一整瓶。只要一杯。"

"不掺水?"

"配水。酒要双份的。"

他拿起酒杯看了看,接着环顾室内。电视关掉了声音,正在放足球赛,除了他和酒保外还有六七个人。大部分都是熟悉的面孔,但他没有和他们说过话,也不知道他们的名字。

酒杯空了,酒保又给他倒了一杯,然后自己从吧台上刚找的零钱中取走了这杯的价钱。

水杯还是满的。

他喝掉第二杯双份酒。他几乎不记得喝过第一杯,但现在他留神了,花了片刻去试图感受身体里的酒精。但他一点都感觉不到。他知道已经喝了很多,也许还能计算出喝了多少,但他似乎感觉不到它们的存在。他并非感觉清醒,但又没有真的觉得自己醉了。他能感觉到的只是……是什么?

找不出能形容的词。

电视上正在放广告,一个人在往杯子里倒啤酒。他喝的上一杯啤酒是在卡琳做那个佛兰德炖肉时,那之前的上一杯久远得都记不清了。并不是啤酒的问题,但是它有什么意义?如果一个人想要喝酒,他为什么不喝威士忌呢?

"再来一杯?"

为什么不呢?

伤风感冒。那曾是他告诉卡琳的借口,为了躲过约会。来到外面,他的手指只在赶紧扣上沃尔玛羊毛夹克的扣子时显得最不僵硬。他告诉自己,伤风感冒的天气还多的是。雪还在飘落,有一股微风正驱动着它。

他解决掉第三杯酒,谢绝了第四杯,而他现在站在雪地里,想知道该往哪边走。右转就能走回明尼克太太家,左转然后能去哪呢?

走出一个半街区,他想,就能到巴拿马红麻酒馆。他从没去过那里,但曾听说过它的名声。据他听闻,那里汇集了一群更狂放的人。

站在那里,试图做出决定。左转还是右转。

这是他记得的最后一件事。

当他的双眼猛然睁开时,他努力使它们闭上,快得没有接收到任何视觉图像。他还想努力赶走自己的意识,但并不奏效。他喜欢也好,不喜欢也罢,他就是醒着。

他正瘫在地板上,一只手臂被尴尬地压在了自己身下。他在不睁开眼睛的情况下,摸索着依赖其他感官所能做到的事。他感觉很冷,感觉一只手上的疼痛里已经混进了一种麻木,它的血液循环被体重的压迫所阻断了。他闻到了呕吐物的气味,他在喉咙深处尝到了血腥味。

他什么声音都听不到。

他惧怕将要看见的事,所以不想睁开眼睛。但他更害怕永远一无所知。

当奋力睁开双眼,他认出了他在哪里,他正倒在自己房间的地板上。他缓慢挪动着,先是跪坐起来,然后起身站立,在沉重的呼吸声中微微摇晃着,想要找回平衡。

他显然已顺利回到自己房间,一进来就关上了门。他坐上了椅子,或者只是试图这么做过,最后还是弄翻了它,撞坏了它的一条腿。

他呕吐过。小地毯上吐了一片,羊毛夹克前胸也有了条纹形的污渍。他还穿着这件夹克,但他在坐下来昏迷过去前还是设法把扣子解开了。又或者,在他回家的这一路上,他一直都没能扣好扣子。

现在分析这些没有意义。没有时间可浪费了。

感谢老天爷,走廊一个人也没有。他来到卫生间,尽可能地把全身冲洗干净。他洗了手,洗了脸。他之前把鼻子弄出了血,或者是有人把他鼻子弄出了血,现在擦拭时还会疼,但他没有因为疼痛而停手。他弄湿一条毛巾,开始用力擦洗夹克上的污渍,以及底下衬衫沾上的污渍。

夹克上血迹并不多。大部分都在底下的衬衫上，这是一件从加尔布雷斯一路跟着他的长袖马球衫。他没想要费心把它洗干净，因为还有别的衬衫可以穿，但在这种天气里，他还需要这件夹克。

赶快。别停下来去思考，没有时间用来思考。之后，之后他可以随便怎么思考，哪怕他不想思考。

回到房间里，他脱下染血的衬衫，把它抛进垃圾篓里。打开抽屉，在床上支起行李箱，把各种东西塞进去。带走这个，丢下那个，他的决断更多来源于神经反射而非大脑思考。没时间浪费了，天哪，没时间浪费了。

带着他的酒杯吗？噢，天哪，他还要拿它做什么用？

但他还是带上了。他还拿回了染血的衬衫，找了个塑料购物袋把它装进去，再塞进他的行李箱里。

第一班车开往法戈，那不是他想去的方向。他让自己待在车站，高坐在午餐台旁的一张凳子上。仿佛是在前世，安迪曾告诉他，那里的东西难吃得会让人送命。但他无法想出还能去哪里吃点什么了。他坐下，要了一杯黑咖啡。它一开始颜色清淡，被人放在电炉丝上煮，直到煮成一糊烂泥。总之他最后喝了下去，又要了第二杯。

他忍不住不停看向店门，每次它开启时都要强撑起意志，等待着某人戴着警徽走入。一度有两名穿着制服的警官走了进来，迈步至吧台前，点了几杯咖啡喝。两人都要求加很多奶油和砂糖，他想知道那样是否有助于下咽。

第二杯咖啡喝到快一半时，他等的那辆去斯波坎的大巴车来了。

车驶上马路时，他感到一阵轻松，但也只有一点点。就算十字溪在边界上立着一块"限速解除"

路标,他也肯定是错过了。天上又下起了雪,因而很容易看漏一些东西。

明妮·珀尔的家乡。真是有趣,这样的一句台词竟会一直跟着你。

他闭上眼睛,接着竟打起了瞌睡,这让他自己都吓了一跳。

当他醒来时,他们还在蒙大拿州。他望向窗外,看着在公路北面几百码的地方行驶着的一辆货运列车,它正以和大巴车差不多的速度驶向西边。他发现自己数起了车厢,就这样又缓缓睡去,下一次睁眼时他们已经身处爱达荷州了,现在正驶入科达伦。他不知道从一个州跨入另一个州会有多少不寻常之处。对于鸳鸯大盗邦妮和克莱德来说,这就像是一种护身符,面包形的警车一接触州界线就只能掉头回家。但与那时相比,世界有了太多变化。

他们在科达伦停靠了十五分钟,有一些乘客在车外抽烟。他依然留在他的位置上,大巴遵循着时刻表又启动了,离到达斯波坎还有半个小时。

他从没去过斯波坎。它比他熟悉的任何城市都更大,可能也会更容易迷路。另一方面,一年当中的这个时候就该去一些温暖的地方。在斯波坎下车,再搭上去南方的随便哪趟车。直到墨西哥边境,一路上都会有城镇,它们也都有餐厅,总会有一家餐厅正需要一个能玩得转烤架的人。

一旦他在某处落脚,他就得处理掉那件沾着血的衬衫。他相当肯定那是他自己的血,不是别人的,因为他显然在鼻子上挨了结实的一下,但他的指关节上有擦伤,说明他很有可能也痛快地回击了几拳。

两个醉汉在酒吧里的互相争吵中大打出手,嗯,这不可能会让你的照片被挂在邮局的墙上。而如果这就是全部后果,他又为什么要离开镇子呢?为什么要逃离他的房间,他的车,他的工作?他的女朋友?

怎么想都觉得不可能有人在追他,正如不可能有人从加尔布雷斯或者再之前一个镇那里追着他过来。看在老天份上,最大的可能就是他根本就没参与斗殴。醉成那个样子,他是有可能跌倒了却爬不起来的。

甚至他真的去了巴拿马红麻酒馆吗?他大概在抵达那里之前就迎面跌倒过,想要缓冲他的倒地时擦破了指关节的皮,鼻子撞出了血,攀爬起来却只是在回家的路上摔倒更多次,想吐时便停下来吐了一两次。然后支撑着身体打开门,回到楼上房间,接着,嗯,剩下的事就清楚多了。他想不起这段经历,但他能在脑海中看到这样一段场景——椅子解体了,地板直冲向他,灯光熄灭了。

他在斯波坎下车时，已经明白了自己想去炎热干燥的地方。比如沙漠里的某个城镇，在加利福尼亚州或者内华达州或者亚利桑那州。

来一次漂亮的改变。

在斯波坎，旅途公司和灰狗公司共用一个车站，在灰狗公司窗口的一个睡眼惺忪的男子卖给了他一张去萨克拉门托的票。那不是他旅行的终点，但他可以在那里找个地方睡几个晚上，然后再筹划去南方的旅程。

在厕所里，他把染血的衬衫、袋子和其他一些东西都塞进了一个垃圾箱。扔掉它是件好事，他也不会担心某个清洁工会把它送到《犯罪现场调查》的取证实验室里。

是他自己的血，他相当肯定。他需要做的仅仅是把他自己清洗干净，他就能继续在十字溪生活了。告诉明尼克太太她的椅子就这么被他坐垮了，承认这大约是他的责任，并付钱再买把新的。而如果他曾卷入某场打斗，如果他确实来到了巴拿马红麻酒馆并在那里惹出了一点乱子，嗯，那是从何时起成了该上绞架的罪行呢？他依然是老好人比尔·汤普森，正派而体面的家伙，在安迪餐馆的吧台后面工作，而如果一年有一次，他把头发搞得乱糟糟，喝得有点过头，那么，吓，伙计，这种事连主教都做得出来，你明白吗？

他喝了杯咖啡，吃了一份炒蛋和培根。咖啡普普通通，炒蛋和培根比不上他自己做的，但至少他有了胃口，至少他能往肚子里填进东西了。他要了第二杯咖啡，甚至在考虑要不要买一块派，但最后认为在习惯了某些东西后，这只会让他倍感失望。

假如他留在那里，假如他继续过下去，买下卡拉马塔，他会让伊迪丝·帕克希尔在晚上和周末也要工作。她烤出多少派，他就会立刻卖出多少。那女人有天赋。

在通往萨克拉门托的大巴车上,他不得不和别人挨坐在一起。他的邻座是位老年人,大多数时候在睡觉,鼾声不算很响。他自己也睡着了,醒来时想着如果他还算有点理智,他就该抓住下一次能转车的机会,返回他来时的地方。回到十字溪,回到他的出租房和餐馆。回到卡琳身边。

只是他不能。

因为他必须得离开,在内心某处他一定清楚地知道这一点,否则为何要躲过和卡琳的约会?为何要把酒瓶喝空,再出门渴求更多?

恢复意识,躺在地板上,在一摊血迹和呕吐物之中,伴随着所有的惊骇,所有的恐惧,所有的负罪感,伴随着所有一切,另一个可怕的念头一直就藏在那里。

现在你的机会来了。你可以扔掉累赘逃跑了。你可以把一切都抛在身后。

在他身边,老人在睡梦中动了动身子,叹出了一口气。

他自己也叹了一口气,再一次回想着他是怎么搞得躺在那堆血污和呕吐物中的。

他真是走了狗屎运,才会在摔倒时面冲地。要是在昏迷中呕吐了什么,你可能会把它吸进去,被呛住。根本不会知道发生了什么事,就这么告别人世。

那样的话,不就真见鬼了吗?

劳伦斯·布洛克创作年表

Matthew Scudder novels
1. 1976, *The Sins of the Fathers*
2. 1976, *In the Midst of Dead*
3. 1977, *Time to Murder and Create*
4. 1981, *A Stab in the Dark*
5. 1982, *Eight Million Ways to Die*
6. 1986, *When the Sacred Ginmill Closes*
7. 1989, *Out on the Cutting Edge*
8. 1990, *A Ticket to the Boneyard*
9. 1991, *A Dance at the Slaughterhouse*
10. 1992, *A Walk Among the Tombstones*
11. 1993, *The Devil Knows You're Dead*

12. 1994, *A Long Line of Dead Man*

13. 1997, *Even the Wicked*

14. 1998, *Everybody Dies*

15. 2001, *Hope to Die*

16. 2005, *All the Flowers are Dying*

17. 2008, *The Case Book of Matthew Scudder*

18. 2011, *A Drop of the Hard Stuff*

19. 2011, *The Night and the Music*

Bernie Rhodenbarr novels

1. 1977, *Burglars Can't Be Choosers*
2. 1978, *The Burglar in the Closet*
3. 1979, *The Burglar Who Liked to Quote Kipling*
4. 1980, *The Burglar Who Studied Spinoza*
5. 1983, *The Burglar Who Painted Like Mondrian*
6. 1994, *The Burglar Who Traded Ted Williams*
7. 1995, *The Burglar Who Thought He Was Bogart*
8. 1997, *The Burglar in the Library*
9. 1999, *The Burglar in the Rye*
10. 2004, *The Burglar on the Prowl*
11. 2013, *The Burglar Who Counted the Spoons*

Evan Tanner novels

1. 1966, *The Thief Who Couldn't Sleep*
2. 1966, *The Canceled Czech*
3. 1967, *Tanner's Twelve Swingers*
4. 1968, *The Scoreless Thai*
5. 1968, *Tanner's Tiger*
6. 1968, *Here Comes a Hero*
7. 1970, *Me Tanner, You Jane*
8. 1998, *Tanner on Ice*

Chip Harrison novels/stories (as Chip Harrison)

1. 1970, *No Score*
2. 1971, *Chip Harrison Scores Again*
3. 1974, *Make Out with Murder*
4. 1975, *The Topless Tulip Caper*
5. 1997, *As dark as Christmas gets*

Keller novels

1. 1998, *Hit Man*
2. 2000, *Hit List*
3. 2006, *Hit Parade*
4. 2008, *Hit and Run*

5. 2013, *Hit Me*

6. 2017, *Keller's Fedora*

Other fiction

1. 1960, *Babe in the Woods*

2. 1961, *Death Pulls a Doublecross*

3. 1961, *Mona*

4. 1961, *Markham*

5. 1965, *The Girl With the Long Green Heart*

6. 1967, *Deadly Honeymoon*

7. 1969, *After the First Death*

8. 1969, *The Specialists*

9. 1971, *Ronald Rabbit is a Dirty Old Man*

10. 1980, *Ariel*

11. 1981, *Code of Arms*

12. 1987, *Into the Night* (Block completed this novel from a manuscript by Cornell Woolrich)

13. 1988, *Random Walk*

14. 2003, *Small Town*

15. 2015, *The Girl with the Deep Blue Eyes*

16. 2016, *Resume Speed*

Short stories

1. 1983, *Sometimes They Bite*
2. 1984, *Like a Lamb to Slaughter*
3. 1993, *Some Days You Get the Bear*
4. 1994, *Ehrengraf For The Defense*
5. 1999, *One-Night Stands*
6. 1999, *Collected Mistery Stories*
7. 2001, *The Lost Cases of Ed London*
8. 2002, *Enough Rope*
9. 2009, *One Night Stands and Lost Weekends*
10. 2010, *Dolly's Trash and Treasures* (written for audio presentation in *The Sounds of Crime*)
11. 2013, *Catch and Release*
12. 2013, *I Know How To Pick Em* (Short Story in Anthology: *Dangerous Women*)
13. 2015, *Dark City Lights: New York Stories*

Screenplay

1. 2007, *My Blueberry Nights* (co-written with Wong Kar-wai)

Books for writers

1. 1979, *Writing the Novel: From Plot to Print*

2. 1981, *Telling Lies for Fun & Profit*
3. 1986, *Write For Your Life*
4. 1987, *Spider, Spin Me a Web*
5. 2011, *The Liar's Bible*
6. 2011, *The Liar's Companion*
7. 2011, *Afterthoughts*
8. 2016, *Writing the Novel From Plot to Print to Pixel*

Memoirs

1. 2009, *Step by Step: A Pedestrian Memoir*

Nonfiction

1. 2015, *The Crime of Our Lives*

Written as Sheldon Lord

1. 1958, *Carla*
2. 1959, *Born to Be Bad*
3. 1959, *69 Barrow Street*
4. 1960, *A Strange Kind of Love*
5. 1960, *Of Shame and Joy: An Original Novel*
6. 1960, *A Woman Must Love*
7. 1960, *Midwood 035: Kept*

8. 1960, *Candy*

9. 1960, *21 Gay Street: An Original Novel*

10. 1961, *April North*

11. 1961, *Pads are for Passion*

12. 1963, *Community of Women*

13. 1964, *The Sex Shuffle*

14. 1968, *Savage Lover*

15. 1968, *Pleasure Machine*

Written as Andrew Shaw

1. 1959, *Campus Tramp*

2. 1960, *The Adulterers*

3. 1960, *High School Sex Club*

4. 1960, *College for Sinners*

5. 1960, *Sexpot!*

6. 1961, *The Twisted Ones*

7. 1961, *$20 Lust*

8. 1961, *Gutter Girl*

9. 1961, *Lover*

10. 1961, *Sin Devil*

11. 1962, *Four Lives at the Crossroads*

Written as Lesley Evans

1. 1959, *Strange are the Ways of Love*

Written as Lee Duncan

1. 1961, *Fidel Castro Assassinated*

Written as Don Holliday

1. 1961, *Circle of Sinners* - in collaboration with Hal Dresner
2. 1962, *Border lust*

Written as Ben Christopher

1. 1962, *Strange Embrace* - originally written as a tie-in to *Johnny Midnight* (*TV series*)

Written as Jill Emerson

1. 1964, *Warm and Willing*
2. 1965, *Enough of Sorrow*
3. 1970, *Thirty*
4. 1970, *Threesome*
5. 1972, *A Madwoman's Diary*
6. 1973, *The Trouble with Eden*
7. 1975, *A Week as Andrea Benstock*

8. 2011, *Getting Off*

Written as Anne Campbell Clark

1. 1967, *Passport to Peril*

Written as Paul Kavanagh

1. 1969, *Such Men Are Dangerous*
2. 1971, *The Triumph of Evil*
3. 1974, *Not Comin' Home to You*

In collaboration with Donald E. Westlake

1. 1960, *A Girl Called Honey* (credited to Sheldon Lord and Alan Marshall)
2. 1960, *So Willing* (credited to Sheldon Lord and Alan Marshall)
3. 1961, *Sin Hellcat* (credited to Andrew Shaw)

劳伦斯·布洛克已出版中译本作品列表

马修·斯卡德系列
1.《父之罪》
2.《在死亡之中》
3.《谋杀与创造之时》
4.《黑暗之刺》
5.《八百万种死法》
6.《酒店关门之后》
7.《刀锋之先》
8.《到坟场的车票》
9.《屠宰场之舞》
10.《行过死荫之地》
11.《恶魔预知死亡》

12.《一长串的死者》

13.《向邪恶追索》

14.《每个人都死了》

15.《死亡的渴望》

16.《繁花将尽》

17.《蝙蝠侠的帮手》

18.《一滴烈酒》

雅贼(伯尼·罗登巴尔)系列

1.《别无选择的贼》

2.《衣柜里的贼》

3.《喜欢引用吉卜林的贼》

4.《研究斯宾诺莎的贼》

5.《像蒙德里安一样作画的贼》

6.《交易泰德·威廉姆斯的贼》

7.《自以为是鲍嘉的贼》

8.《图书馆里的贼》

9.《麦田贼手》

10.《伺机下手的贼》

11.《数汤匙的贼》

伊凡·谭纳系列

1.《睡不着的密探》

2.《作废的捷克人》

3.《谭纳的十二体操金钗》

4.《谭纳的非常泰冒险》

5.《谭纳的两只老虎》

6.《我的英雄谭纳》

7.《谭纳的非洲大冒险》

8.《解冻的谭纳》

奇普·哈里森系列

1.《首开纪录》

2.《梅开二度》

3.《啖血记》

4.《郁金香迷情》

杀手凯勒系列

1.《杀手》

2.《黑名单》

3.《杀人排行榜》

4.《杀手亡命》

5.《来杀我啊》

其他小说
1.《骗子的游戏》
2.《小城》
3.《入夜》（布洛克以康奈尔·伍尔里奇的遗稿为基础续写而成）
4.《解除限速》

电影剧本
1.《我的蓝莓夜》

小说写作教学
1.《布洛克的小说学堂》

回忆录
1.《八百万种走法》

图书在版编目（CIP）数据

解除限速 /（美）劳伦斯·布洛克著；张明译. -- 成都：四川人民出版社，2017.11
ISBN 978-7-220-10380-3

Ⅰ. ①解… Ⅱ. ①劳… ②张… Ⅲ. ①短篇小说—小说集—美国—现代 Ⅳ. ①I712.45

中国版本图书馆CIP数据核字(2017)第230522号

四川省版权局
著作权合同登记号
图字：21-2017-597

RESUME SPEED by LAWRENCE BLOCK
Copyright © 2016 by Lawrence Block
Published in the United States by LB Productions, New York, New York
published in agreement with the author, c/o BAROR INTERNATIONAL, INC., Armonk, New York, U.S.A. through **Chinese Connection Agency, a Division of the Yao Enterprises, LLC.**

本中文简体版版权归属于银杏树下（北京）图书有限责任公司

JIE CHU XIAN SU
解除限速

著　　者	[美]劳伦斯·布洛克
译　　者	张　明
选题策划	后浪出版公司
出版统筹	吴兴元
编辑统筹	梅天明
特约编辑	王介平
责任编辑	王其进　熊　韵
装帧制造	墨白空间·陈威伸
营销推广	ONEBOOK
出版发行	四川人民出版社（成都槐树街2号）
网　　址	http://www.scpph.com
E-mail	scrmcbs@sina.com
印　　刷	北京中科印刷有限公司
成品尺寸	125毫米×190毫米
印　　张	4.5
字　　数	49千字
版　　次	2017年12月第1版
印　　次	2017年12月第1次
书　　号	978-7-220-10380-3
定　　价	42.00元

后浪出版咨询(北京)有限责任公司 常年法律顾问：北京大成律师事务所
周天晖 copyright@hinabook.com
未经许可，不得以任何方式复制或抄袭本书部分或全部内容
版权所有，侵权必究

本书若有质量问题，请与本公司图书销售中心联系调换。电话：010-64010019